一万両の首

鍵屋ノ辻始末異聞

講談社

目次

カバー写真：kjpargeter-Freepik.com
表紙写真：nkm03-PhotoAC
扉写真：マサキチ _00-PhotoAC
装丁：堀池仁（結工藝）

一万両の首

鍵屋ノ辻始末異聞

登場人物

市岡誠一郎　濃州浪人　剣客

・　・

渡部源太夫　被害者　備前岡山藩士

河合又五郎　逃亡者

河合半左衛門　又五郎の父　備前岡山藩士

荒尾志摩　備前岡山藩筆頭国家老

荒尾但馬　備前岡山藩江戸家老

寺西八太夫　備前岡山藩　使番

志田源左衛門　備前岡山藩　刺客

・　・

兼松又四郎　旗本　喧嘩屋

阿部四郎五郎　旗本　備前岡山藩御出入り衆

久世三四郎　旗本　備前岡山藩御出入り衆

安藤治右衛門　旗本

安藤源次郎　治右衛門の弟

・　・

山田善七郎　上州浪人　剣客

山田一朗太　善七郎の嫡男

・　・

土井大炊頭利勝　公儀筆頭年寄

松平伊豆守信綱　将軍家扈従組番頭

大久保彦左衛門忠教　旗本肝煎

柳生但馬守宗矩　将軍家剣術指南役

柳生十兵衛三厳　但馬守宗矩の嫡男

・　・

夢の市郎兵衛　やくざの親分

神崎彦六　御家人　誠一郎の相棒

ふみ　誠一郎の妻

第一章

下手人 河合又五郎

一万両ノ首 鍵屋ノ辻 始末異聞

一

寛永《かんえい》七年庚午《かのえうま》の年、備前岡山《びぜんおかやま》藩三十一万五千石、池田宮内少輔忠雄《いけだくないしょうゆうただかつ》の家中で事件が起きた。

七月二十一日、岡山の城下が年に一度の祭に沸き立っていた宵のことである。城内の内山下《うちさんげ》にある千石取りの家臣、渡部数馬《わたなべかずま》の屋敷に一人の客があった。

「又五郎《またごろう》、なにをしておる、早う入って参れ」

数馬の弟で、藩主忠雄の奥向小姓を務める源太夫《げんだゆう》が寝間着姿で襖に向かって声を擲《な》げる。その声に応えて襖が七、八寸開き、河合《かわい》又五郎の険しい顔の半分が見えた。

「おお又五郎！　早う早う——」

源太夫の美しい唇から弾んだ声が出た。源太夫十六歳、又五郎は十七歳だ。

又五郎は源太夫の寝所《しんじょ》に入ろうとはせずに、冷やかな眼で見下ろしている。

「なんの用じゃ？」

怒りを押し殺して又五郎が言った。

「あの様な脅しめいた文《ふみ》なぞ寄越しおって」

「そうでもせねば、会いに来てくれぬではないか」

まるで女子《おなご》のような顔立ちの源太夫が甘えた笑みを見せる。

「なにゆえ俺が、会いに来ねばならんのじゃ？」

吐き棄てるように又五郎は言った。

「汝《うぬ》は殿《との》ご愛寵《あいちょう》の戀童《れんどう》、殿に抱かれてお仕え致すことに専心しておればよかろう。なにゆえに俺をしつこく追い回す？」

大名が男色を好むのは珍しいことではなかったが、主君忠雄は殊《こと》の外その道に耽《ふけ》っている。

「わかっておるくせに」

ふふふ、と源太夫が嫣然《えんぜん》たる声を零《こぼ》した。

「お前と仲良うしたいのじゃ」

「汝《うぬ》の言う、仲良う、とは友としてのそれではあるまい？」

又五郎は言った。

「かつては俺も、汝《うぬ》を友と思うておった。だが殿のお側《そば》に上がってからはもう友ではない。汝《うぬ》の俺を見る眼つきには虫酸《むしず》が走る！」

又五郎の、若年ながら男らしく整ったその顔には嫌悪の色が顕《あらわ》れていた。

「ふふ、仲良うしておいたがよいぞ」

源太夫の顔には、主君に愛されている、という驕慢《きょうまん》が溢れている。

「妾《われ》は千石取りの家柄。次男とはいえども殿のご寵愛《ちょうあい》を賜《たまわ》り立身出世は約束されておる。それに引き換えお前ら父子《おやこ》は、僅《わず》かばかりの捨扶持《すてぶち》を頂戴致しおる謂《い》わば藩の厄介者。嫁を娶《めと》ることすら儘《まま》ならぬ境遇から、妾《われ》がお救い申してもよいのじゃぞ」

関ヶ原《せきはら》の戦《いくさ》から三十年、大坂《おおさか》冬の陣、夏の陣からも十五年が過ぎ、武士が戦場での手柄で出世を望むことの叶わぬ世の中になっていた。

「断る！」

又五郎の眼が一層険しさを増した。

「殿の御威光を笠に着た汝《うぬ》如きの言いなりにはならん！」

「左様に意固地を続けておると、お前ら父子に先はないぞ」

源太夫が冷たい声を出した。

「それよ。その脅しの意味を知りとうて今宵参ったのじゃ」

又五郎は言った。

「俺が従わねばなんと致す所存か、その心底を聞かせい！」

「殿に言上仕《つかまつ》る他はないわなぁ……」

源太夫は邪気のある笑みを浮かべた。

「なにッ⁉」

又五郎が驚愕の声を出した。

「殿に、なんと申し上げると言うのじゃ⁉」

「河合半左《はんざ》が倅《せがれ》又五郎と申す者、かつては朋輩《ほうばい》の交わりも御座いましたが、いつしか妾《われ》に恋慕《れんぼ》を致し、ほとほと困窮《こんきゅう》せし仕儀と相《あい》なっておりましたるところ昨夜屋敷に押しかけて参り、望み叶わぬなれば妾《われ》を殺めて自害せん、と刀を抜き放ち――」

源太夫は楽しげに言った。

「た、戯《たわ》けッ！」

又五郎の声に構わず源太夫が続ける。

「その場はどうにか宥《なだ》めて帰しましたが、もはや殿にお縋《すが》り申し上げる他に分別《ふんべつ》もなく……」

「よ、よくも左様な出鱈目《でたらめ》を……！」

又五郎は怒りに唇を震わせた。

「真実を知っておるのは妾《われ》とお前の二人だけ……」

源太夫は又五郎の眼を見据え、

「さて、殿はどちらをお信じ遊ばされようかいなぁ」

「！」

又五郎が息を呑む。

「然《さ》すればお前は切腹、いや、打首《うちくび》かの……」

源太夫は平然と言った。

「お前の親父《おやじ》殿も、下手をすれば高崎安藤《たかさきあんどう》家へお引き渡しと相《あい》なるやも知れん」

「…………」

上州《じょうしゅう》高崎五万五千石の安藤家に引き渡されれば、又五郎の父の河合半左衛門《はんざえもん》は嬲《なぶ》り殺しにされよう。そのことは家中の誰もが知っていた。

「妾《われ》に斯様《かよう》な不粋な真似をさせたもうな」

源太夫が勝ち誇ったような笑みを浮かべる。

「…………」

又五郎は声もなく、凍りついた顔で源太夫を見ていた。

「ささ、観念致したならばこちらへ参れ」

源太夫の手招きに襖が大きく開き、又五郎が部屋に足を踏み入れる。刀はこの屋敷を訪れた際に玄関で預けている。腰の脇差《わきざし》の鞘首《さやくび》を左手で摑み、親指は鍔《つば》にかかっていた。

「脅しに屈して汝《うぬ》の慰《なぐさ》み者になぞならん」

又五郎が静かに言った。

「ほう、ならばなんと致す？」

源太夫が調戯《からか》うように言った。

「どの道、先のない運命《さだめ》ならば、汝《うぬ》の先行きも閉ざしてくれよう」

又五郎の左の親指が鍔《つば》を押し、鯉口《こいぐち》を切った。

「妾《われ》を、斬るとでも申すのか？」

源太夫は高飛車だった。

「それが、いかなる大事と相《あい》なるか、まだお前にはわからぬのか⁉」

「命は取らぬ。……が、鼻を削《そ》ぐ」

「！」

一瞬にして源太夫の顔から血の気が失せた。

「顔が平らになった汝《うぬ》を、殿は可愛がって下さるかの？」

又五郎は腰を落とし、じわりじわりと源太夫に近づいてゆく。

「ま、待てッ！」

素早く起ち上がった源太夫が床の間の刀架《とうか》に駆け寄り刀を摑む。

「それを抜けば、鼻だけでは済まんぞ」

又五郎の右手が脇差の柄《つか》に触れた。それに構わず源太夫が刀を抜き放つ。

「馬鹿めッ！」

鞘《さや》を擲《な》げ捨て大上段に振り被り、

「脇差で、刀に勝てると思うたかッ！」

源太夫の刀は刃渡り二尺五寸、又五郎の脇差は一尺八寸五分。その有利に源太夫が引き攣《つ》った笑みを浮かべた。

「この河合又五郎を侮《あなど》るな」

又五郎は静かに鞘《さや》を払った。青眼《せいがん》に構え鋒《きっさき》を源太夫の顔に向ける。

「汝《うぬ》が殿に尻を差し出しておるあいだに、俺がどれほど剣を振ってきたかを思い知れ」

又五郎の眼が源太夫を射抜いた。すでに死人のように真っ白な源太夫の顔は、眼だけが異様なほどにギラギラと光っていた。


「父上」

帰宅した又五郎は、父親の前に両手をついて頭を下げた。

「渡部源太夫を、斬って参りました」

「…………」

河合半左衛門は無言で倅を見つめている。やがて又五郎が面《おもて》を上げ、父の眼を受け止めた。

「人を斬るのは初めてか？」

半左衛門はそう倅に声をかけた。

「はい」

「上手く斬れたか？」

「は、一刀にて」

「それは重畳《ちょうじょう》」

ふっ、と息を漏らした半左衛門の眼には、慈《いつく》しむような色があった。

「血は争えぬものじゃの……」

半左衛門は座を起つと、文机《ふづくえ》の脇の手文庫から袱紗《ふくさ》包みを取り出し又五郎の前に置いた。

「これに五十両ある。なにかの折のためにと蓄えおいたものじゃ」

腰を下ろすと半左衛門は言った。

「これを持って、直《ただ》ちに江戸に向かえ」

「なにゆえ腹を切れと申されぬのです⁉」

又五郎には父の意図が量りかねた。

「某《それがし》、その場にて腹を召さんと思いおりましたが、せめてひと言父上に今生《こんじょう》の別れをと、恥を忍んで帰参仕《つかまつ》りました。腹を切る覚悟はできております！」

「切らんでよい」

半左衛門は微かな笑みを浮かべた。

「知っての通り、わしは十四年前に高崎安藤家で朋輩を斬って逃げてきた男よ。お前にだけ腹を切れなどと言えるはずがなかろう」

「…………」

河合半左衛門は、徳川《とくがわ》家譜代《ふだい》の臣である安藤対馬守重信《つしまのかみしげのぶ》に仕えて大坂の陣を戦った。その後上州高崎五万五千石の城主となった重信の江戸上屋敷において、半左衛門は武名の意地から同じ家中の臣を斬り逃走した。

「お前は江戸へ行き、高崎安藤家に駆け込め」

半左衛門はそう言った。

「えッ⁉」

又五郎が声を上げる。

「な、なにゆえ安藤家に？」

「お前にはすぐに追手《おって》がかかる。どこに逃げようとも、どこに隠れようとも、草の根を分け石を起こしても詮議《せんぎ》を致し、お前の首を取るまで宮内少輔殿は断じて諦めはすまい」

「はい」

「だが、安藤家がお前を、宮内少輔殿に引き渡すと思うか？」

「！」

半左衛門は朋輩を斬って逃げ出した直後に、江戸在府中だった池田宮内少輔忠雄の行列に行き当たった。護衛の供侍が騒然となる中、直ちに血刀を捨て往来の土に平伏《へいふく》した半左衛門の事情《ことわけ》を聞いた忠雄は、「助けて遣《つか》わせ」と家来に告げた。

行列の一行に半左衛門を紛らせ、追ってきた安藤家の家臣には「知らぬ存ぜぬ」を通して藩邸に匿《かくま》い、微禄を与えて国許《くにもと》備前岡山に連れ帰った。

「窮鳥《きゅうちょう》懐に入れば猟師も殺さず」の故事に倣《なら》い、困っている者を見捨てはせぬ、という武士の矜持であったのかも知れない。当時十五歳にして三十一万五千石の大藩を継いだばかりだった忠雄の昂《たかぶ》りだったのかも知れない。

忠雄の母は江戸幕府の開祖、東照神君徳川家康《いえやす》公の娘督姫《とくひめ》である。家康公の外孫《がいそん》である忠雄の驕《おご》りでもあったのかも知れない。

そして、常日頃から外様《とざま》の大名を軽視する徳川譜代の臣に対する、意趣返し、の意図もあったに違いない。

「わしは宮内少輔殿の、若気の至り、に救われたのじゃ」

半左衛門は言った。

再三再四にわたって半左衛門引き渡しの要求を忠雄に撥ねつけられた公儀御年寄《おんとしより》である対馬守重信は、幕閣に諮《はか》り忠雄の処罰を求めた。

しかし大御所家康公の死の直後でもあったため、外孫忠雄を咎《とが》めることが家康公の神格化への妨げになりはすまいかとの配慮から、筆頭年寄土井《どい》大炊頭利勝《おおいのかみとしかつ》より自重を求められた対馬守重信は、屈辱に塗《まみ》れたまま数年後に六十五歳で病死した。

その跡を継いで上州高崎藩主となった対馬守重信の孫で養子の安藤右京進重長《うきょうのしんしげなが》にとって、池田宮内少輔忠雄は憎んでも余りある遺恨の的であった。

「それが今度は逆の立場となる。どこまでも、宮内少輔殿を虐《いじ》め抜こうとするはずじゃ」

父の言葉に又五郎が深く頷く。

「わかったならば早う行け」

「では、父上はいかがなされるのです？」

「わしは宮内少輔殿に恩義がある。もう一度逃げ出すわけにもいくまいて」

半左衛門はふてぶてしい笑みを浮かべ、大きな掌《て》で顎を撫でた。

「しかし――」

「わしのことは、もう死んだものと思え」

「………」

「お前は死んではならん。足掻《あが》いて足掻いて、お前の生き様死に様を、我ら父子を軽んじてきたこの藩の者どもに見せつけてやれッ！」

「はッ！」

又五郎は深く頭を下げ、袱紗包みを懐に入れて起ち上がる。そして涙を堪《こら》えて父に最後の言葉を擲《な》げようとしたが声にならず、そのまま背を向けて駆け出した。

二

市岡誠一郎《いちおかせいいちろう》は、金貸しの稲荷屋《いなりや》藤兵衛《とうべえ》の供をして本所横網町《ほんじょよこあみちょう》の通りを歩いていた。濱町河岸《はまちょうがし》の藤兵衛の家から、渡し舟で大川《おおかわ》を渡ってやってきたのだ。

四十を過ぎようかという歳の誠一郎は、腰に大小を帯挟《たばさ》み丁寧《きれい》に月代《さかやき》を剃り、袴《はかま》を着けて足袋《たび》草鞋《わらじ》の足拵《ごしら》え。羽織を着ていないことだけが浪人者であることを窺わせていた。

「貸金《かしきん》の取り立てと承《うけたまわ》っておるが……」

前を歩く藤兵衛に声をかける。藤兵衛とは過去に面識はない。無役の貧乏御家人《ごけにん》、神崎彦六《かんざきひころく》の仲介で、きょう一日一分《ぶ》の金で傭《やと》われていた。

「へえ左様で。なにせ相手は些《いささ》か面倒なお武家なもので、万が一の用心にと市岡様にお願い申し上げたような次第で御座います」

暢気《のんき》な調子で藤兵衛は言った。

「然《しか》れども、相手は金がないから払えぬのであろう。一分で某《それがし》を傭ってまで、払えぬ者に催促致す甲斐《かい》は御座るのかな？」

誠一郎が訊ねる。

「金がないからといって催促も致しませんではこの商売をやってはおられません。利息も入れぬようならば、せめて何某《なにがし》かの金目《かねめ》の物でも頂戴いたしませんと借り手に嘗《な》められてしまいます」

もう六十は越えているであろう藤兵衛は意気《いき》軒昂《けんこう》だった。


「御免下さいましッ！」

とある裏店《うらだな》の路地を入ると、一軒の表戸を藤兵衛が叩いた。

「長塚《ながつか》さまッ、稲荷屋藤兵衛で御座いますッ」

やがて戸が開き、五十絡みの男が姿を見せる。月代が伸び、顔は無精髭で覆われていた。

「なんだ、また参ったのか……」

男が不服げな声を出した。穏やかな人柄、というわけではないのがひと目でわかる。

「ただいま手元不如意《ふにょい》であるがゆえ、いましばらくお待ち願いたい、と申しておいたはずじゃ」

「あれからもう十日経っておりますんで」

臆することなく藤兵衛は言った。

「こちらも商売で御座いますのでね」

「そちらの御仁《ごじん》はなんじゃ？」

長塚何某《なにがし》が誠一郎に眼を向ける。

「お気に召さるな。拙者は稲荷屋殿の供の者で御座る」

誠一郎が応えると、

「なにゆえ斯様《かよう》な供を連れて参る？」

今度は藤兵衛に詰め寄った。

「この長塚伊兵衛《いへえ》を脅すつもりかッ」

「そんなことより、ご返済のほうはいかがなもんで御座いましょう？」

藤兵衛は平然と言った。

「期日は疾《とう》に過ぎております。そちら様のご事情はいかにせよ、お約束はお守りいただきませんことには……」

「追って借財《しゃくざい》は全て返済致す。もうしばらく待っておれ」

「きょうは利息だけでも頂戴いたしませんと、帰るわけには参りませんな」

「ならばなんとする？　無い袖は振れんぞ」

「いっそのこと、お刀をお売りになってはいかがです？」

「なに？」

「もうお使いになることも御座いますまい。なんでしたら手前どもで引き取らせていただいてもよろしゅう御座いますが？」

「無礼なことを申すなッ、刀は武士の魂じゃッ！」

長塚伊兵衛が声を荒げた。

「いついかなるときでも、旧主の求めに応じて戦場に馳せ参じる用意は整っておる。断じて武具甲冑の類を手放しは致さんッ！」

おそらく伊兵衛が仕えていた藩は減封《げんぽう》の憂き目に遭い、国替えで領地を大きく減らされたため余剰の人員として解雇されたのだろう。誠一郎はそう思った。

「そういう御託は金を返してから言ってもらいたいもんで御座いますな」

金貸しらしい冷徹さで藤兵衛は言った。

「なにいッ⁉」

伊兵衛の顔が険悪に歪《ゆが》む。

「其方《そのほう》、武士を愚弄《ぐろう》致すか⁉」

「借金は返せぬ、刀は売らぬと申されるのなら、なにか先祖伝来の仏像やら、焼物などは御座いませんかな？　代わりにそれをいただいて参りましょう」

藤兵衛は一歩も退《ひ》かなかった。

「左様なものがあるのなら、汝《うぬ》如きに借財など致さんッ」

伊兵衛は完全に開き直っていた。

「ならばどうやってご返済下さるおつもりです？」

藤兵衛も、真当《まっとう》な生き方をしてこなかったことを窺わせる凄味《すごみ》のある眼になっている。

「二本差しのお方は面子《めんつ》が御座いますから、借金を踏み倒すような真似はなさらない、と信じてお貸し申し上げたんですがね、お武家ともあろうもんが二枚の舌をお使いなさるんで？」

「！」

見る見る伊兵衛の顔が朱に染まる。戸口から引っ込んだかと思うと、すぐに大小を腰に挿して戻ってきた。

「無礼者ッ、手討に致す。そこに直れッ！」

と刀の柄《つか》に手をかける。その大声に、長屋の住人がぞろぞろと表に出てきた。怖々《こわごわ》と遠巻きにこちらを見ている。藤兵衛は、怯《ひる》むことなく伊兵衛を見返していた。

「待たれい」

誠一郎が声を出した。

「借財が返せぬ立場で面罵《めんば》されたとて、貸主を斬るは筋違い。無礼討ちは通るまい」

そう静かに言った。

「お主も見ておったで御座ろう、下賤《げせん》の者が雑言《ぞうごん》の数々、あれを辛抱せよと申すのかッ!?」

伊兵衛が声を上げる。

「某《それがし》の見たところ、理は稲荷屋にあり、と存ずる」

誠一郎の言葉に伊兵衛は眦《まなじり》を決し、刀の柄《つか》を深く握った。

「黙れッ！」

「お手前が抜けば、某《それがし》も抜かねばならん。気を鎮められい」

誠一郎は両手をだらりと下げたまま、諭《さと》すように言った。

「まずは、柄《つか》から手を離されよ」

「豪《えら》そうなことを申すなッ！」

「……………」

「信濃国高遠藩《しなののくにたかとお》、保科正光《ほしなまさみつ》に仕えしこの長塚伊兵衛、大坂冬夏の陣で武功《ぶこう》を上げ、御殿《おんとの》の覚えめでたかりしも酒の上での失策《しくじ》りにて勘気《かんき》を蒙《こうむ》り、禄《ろく》を離れる身と相《あい》なった。いまは一日千秋の思いで主人《あるじ》の勘気の解ける日を待っておる。いずれ旧禄に復せば僅《わず》かな借財なぞは造作もない。ゆえに、いましばらく待っておれ、と申しておるのだ」

伊兵衛が滔々《とうとう》と口上を述べ、

「それを飽《あ》くまでも咎《とが》め立て致さんとあらばこちらも武名の意地じゃ。たとえ刀に懸けても容赦はせぬぞッ！」

スラリと刀を抜き出した。周囲の野次馬から響《どよめ》きが上がる。

「其方《そのほう》、名を名乗れいッ！」

と大音声《だいおんじょう》をぶつけてくる。

「濃州《のうしゅう》浪人、市岡誠一郎」

静かに言った誠一郎は、鞘首《さやくび》を摑んで柄頭《つかがしら》を下げ、腰を落として身構えた。

「いかようにもかかって参られい」

その姿には、微塵《みじん》の隙もなかった。

「小癪《こしやく》なッ！」

と大声を上げ、正面から突進してきた伊兵衛が刀を上段に振り被る。

右足を踏み出した誠一郎は鞘《さや》絡みに抜き出した刀の柄頭《つかがしら》で激しく伊兵衛の水月《すいげつ》を突き、同時に鞘《さや》だけを後方に引いて瞬時に刀を抜き放つと、片手で横に払った鋒《きつさき》が腰から崩れた伊兵衛の前腕《ただむき》を皮一枚斬り裂いた。

刀を落として倒れた伊兵衛が鳩尾《みぞおち》を押さえてうずくまる。その右腕のひと筋の赤い線から血が溢れ出した。誠一郎は右手の刀を水平に構えて伊兵衛を見下ろしている。

周囲の野次馬からため息が聞こえた。伊兵衛に起ち上がろうとする様子は見られない。僅《わず》かに顔を上げ、苦痛と諦念《ていねん》の入り混じった眼で誠一郎を見上げた。

誠一郎はひと足退《さ》がると、血振りをして刀を鞘《さや》に納める。

「お見事で御座いますな」

誠一郎に向けてそう言うと、藤兵衛は落ちている伊兵衛の刀を拾い上げ、伊兵衛の腰から鞘《さや》を抜き出して刀を納める。

「ではこのお刀は、手前どもでお預かりさせていただきます」

続けて伊兵衛の脇差も取り上げると両手で抱え、

「どうせ碌《ろく》な値打ちもありますまいが、取り戻したくば元金に利息を含め、耳を揃えて当方までお持ち下さいまし。……では市岡様、参りましょう」

そう言ってすたすたと歩き出す。

「今後はいま少し、人を見て金を貸されるがよろしかろう」

藤兵衛に追いついた誠一郎が言った。

「いえいえ、充分に人は見定めております」

藤兵衛は穏やかな笑みで言った。

「然《さ》れど貸し倒れになるようなことがあらば商売になるまい？」

「手前どもの商売《あきない》で厄介なのは夜逃げをされることで御座いましてな、その点お侍《さむらい》というのは利息が払えないからといって、逃げる、ということをなさいません。ですから筋のいい客なんで御座いますよ」

「ほう」

「それに、すぐに金を返せるような客では商売に旨味《うまみ》がのう御座いましてな、元金が返せず長きにわたって利息を払い続けてくれるのが上客なんで御座います」

「なるほど……」

「あの長塚様も、長くお払いいただいた利息で、疾《とう》に元金の分は取り戻しております。端《はな》ッから貸さなかったと思えば痛くも痒くも御座いません」

「ならば、少しぐらい待ってやればよいでは御座らんか」

「あのお方は些《いささ》か物言いが横柄で御座いますのでな、ここらでそろそろ懲《こ》らしめておきませんと他の借り手に示しがつきませぬゆえ……」

「だが某《それがし》がおったからいいようなものの、下手をすれば其方《そなた》の命にも関わることに……」

「なあにそんなもの、どうということは御座いません。いざとなれば、ではいましばらくお待ち致します、と言うだけで怒りは鎮まるもので御座いますよ」

「しかし某《それがし》は刀を抜く破目《はめ》と相《あい》なった。相手の腕によってはこちらが命を落としておったやも知れぬ。これで一分《ぶ》では引き合わんぞ」

「いっそ打斬《ぶったぎ》って下さってりゃあ十両ほどお払いしてもよう御座いましたが……」

往来の脇で足を止めた藤兵衛は、両手の大小を誠一郎に預けて懐から紙入れを取り出した。

「そうなれば、他の借り手のお武家は震え上がったことで御座いましょうからな。まあ、浅傷《あさで》で御座いましたんで、このくらいで……」

と、小判を一枚取り出す。

「某《それがし》腕の安売りは致さぬ質《たち》での」

無表情に誠一郎は言った。

「…………」

藤兵衛も、無表情に誠一郎を見返す。

「たったいま人を斬る技をご披露申した某《それがし》と、揉《も》めるおつもりでも御座るまい？」

誠一郎は口の端《は》に微かな笑みを浮かべた。藤兵衛は表情を変えることなく、

「市岡様とは今後のお交際《つきあい》も御座いましょうから、少し色をつけさせていただきましょう」

そう言って、もう一枚小判を取り出した。

「おかえりなさいませ」

日も暮れかかったころ、神田三河町《かんだみかわちょう》の住居《すまい》に戻った誠一郎を妻女のふみが出迎えた。

「叔父上様はお変わりなく？」

「うむ。……いらぬと申すのに、無理に押し付けられた」

そう言って誠一郎は袂《たもと》から出した二枚の小判をふみに手渡す。

「まあ、ありがたいお志しで御座います」

ふみは両手で掲げた小判に頭を下げ、壁の神棚に供えた。

「そろそろ膳《ぜん》の支度《したく》が整います。お着替えなさりませ」

誠一郎が腰の大小を外して刀の手入れをしようと座り込んだとき、表戸を叩く音がした。

「先生、市岡先生、ご在宅で御座いましょうか」

「竹蔵《たけぞう》か。入って参れ」

誠一郎が声を擲《な》げると戸が開き、同じ長屋に住む仲村《なかむら》竹蔵が入ってくる。小柄で顔立ちも幼いが、元服《げんぷく》は過ぎているため月代を剃り上げ腰に大小を帯挟《たばさ》んでいる。さらに背中には大きな竹籠を背負い、両手にもそれぞれ大きな風呂敷包みを提げていた。

「どうした、夜逃げか？」

「いえ、これは……」

竹籠と風呂敷包みを下ろして誠一郎の前に膝を揃えて座った竹蔵が、

「これを、お受取りいただきたく参上仕《つかまつ》りました」

風呂敷包みを一つ誠一郎のほうに押し出す。

「ふむ」

風呂敷を解《ほど》くと、大きな南瓜《かぼちゃ》が三つ出てきた。

「芝《しば》の御隠居《ごいんきょ》のところに、これが荷車一杯届きまして……」

竹蔵が言った。誠一郎は苦笑を浮かべ、

「ほう」

「御隠居は、年寄り独りの侘《わび》住いをなんと心得る、と大層ご立腹で、然《さ》りとて腐らせてしまうのも忍びない、其方《そのほう》担げるだけ担いで帰れ、との思し召しで……」

「なるほど」

「然《しか》れど某《それがし》も母上と幼き妹、弟との四人暮らし、この風呂敷包みを一つ頂戴して帰ろうとしたところ、担げるだけと申したであろうが、この薄情者め！　とのお叱《しか》りを受けまして」

「いかにも御隠居らしいの」

「ですから御隠居をご紹介下さった先生にも、応分の責務を果たしていただきとう存じます」

そこに「いらっしゃいませ」と、ふみが盆に載せた茶を運んでくる。

「まあ、立派な南瓜ですこと」

竹蔵は、嬉しそうに風呂敷包みをもう一つ差し出した。ふみは微笑みを浮かべ、

「煮物に南瓜ごま汁、唐茄子《とうなす》の安倍川《あべかわ》などもよろしゅう御座いますねえ。では、ありがたく頂戴致します」

畳に手をついて、丁寧に頭を下げる。慌てて竹蔵が平伏して辞儀を返した。

「では、これからまだ何軒か廻らねばなりませぬゆえ、失礼仕《つかまつ》ります」

竹蔵は誠一郎に頭を下げて起ち上がると、竹籠を背負って出てゆく。

「人に愛される、よいお人柄で御座いますなあ」

戸口まで竹蔵を見送ったふみが、南瓜を奥の厨《くりや》に運びながら言った。

「うむ」

誠一郎が独り茶を啜《すす》っていると、また表戸を叩く音がして、

「御免下さいましッ」

と、男の声がした。竈《へっつい》の脇から起ち上がったふみを手で制して戸口に向かった誠一郎が戸を開けると、三十過ぎに見える中間《ちゅうげん》姿の男が立っていた。

「いきなり罷《まか》り越しまして誠に相《あい》済みませんで御座います」

深々と頭を下げる。

「俺《わっし》はさるお旗本のお屋敷にご奉公致しております、源七《げんしち》ってえ端者《はしたもん》で御座います」

「なに用かな？」

「へえ、たったいまこちらから出てった小僧……、いえ、子供のようなお侍《さむれえ》は、ご存じ寄りのお方で御座んしょうか？」

「うむ、よく存じておるが」

「お名前《なめえ》をお教えいただきとう存じまして……」

「なぜ当人に訊かぬ？」

「へえ、実は、ある盗人《ぬすっと》を見つけ出せ、との内密のご下命《かめい》が御座んして、そんで俺《わっし》らが手分けをして怪しい野郎を探ってる、といったような次第《しでえ》で……」

「ならば人違いじゃ。あの者は盗みなど致さん」

戸を閉めようとするが、すかさず源七が肩を入れてくる。

「そうでしょう、そうで御座んしょうとも。ですからね、どこそこの何某《なにがし》様は盗人じゃあ御座いませんでした、とご報告申し上げなきゃならねんで。そこで一つ、お名前《なめえ》をお教えいただくわけにゃァ参《めえ》りやせんかねえ？」

「………」

「ご当人にお訊ね申しますれば、なにゆえじゃッ!?　と、こうなりまさァ。そこで、盗人じゃァねえかと疑《うたぐ》った、なんて申し上げるのは、あんまりにもご無礼ってえもんで御座んしょう？」

「まあ、よかろう」

誠一郎は上がり框《かまち》に腰を下ろした。

「へッ？　教《おせ》えていただけるんで？」

「左様なことならば、教えて遣わしても差支《さしつか》えあるまい」

「これはこれは、ありがとう存じます」

「あの者はこの六兵衛《ろくべえ》店《だな》に住居《すまい》しておる仲村竹蔵と申す者。父御《ちちご》は元は下野《しもつけ》烏山《からすやま》藩、成田《なりた》殿のご家中と聞いておる」

「へえ、成田様の……」

「二年前に病で父御を亡くしておるが、母御《ははご》の教えの賜物《たまもの》であろう、裏表のない真っ正直な人物に育っておる」

「ははァ、左様で……」

「然《しか》らば、たとえどれほど暮らし向きに困窮することがあろうとも、けして盗みなど致そうはずがない。それは某《それがし》市岡誠一郎が保証致す。わかったか？」

「へえ、仲村竹蔵で御座んすね？　よおくわかりやした。誠にありがとう御座《ごぜ》えやした」

源七はそのままプイッと出ていった。

「…………」

誠一郎は、不意に厭《いや》な予感を覚えた。

三

備前岡山藩池田家の家中が総出で領内を隈なく虱潰《しらみ》しに探索しているあいだに、逸《いち》早く領外に逃れ出た河合又五郎は大坂に向かい、物産問屋を営む縁戚の虎屋《とらや》久《きゅう》右衛《え》門《もん》を頼った。

武士を捨て商人として成功している久右衛門は快く又五郎の旅の準備を整え、又五郎は虎屋が菱《ひ》垣廻船《がきかいせん》で送る大量の荷とともに海路江戸を目指すこととなった。

「しかし、御書院番頭としてご政道の一端を担《にの》うておる譜代の臣、上州高崎藩主安藤右京進殿の屋敷は千代田《ちよだ》の御城の外郭《そとくるわ》、日比谷《ひびや》御門内にある」

江戸詰めの経験がある久右衛門が言った。

「詰所や番士も数多く、とても脱藩者《だっぱんもの》の其方《そなた》がおいそれと近づける場には御座らん。斯様《かよう》な処《ところ》をうろうろしておって、もし池田家の者に見咎《とが》められでもしたらそれまでじゃ」

「では、いかに致せば……？」

又五郎には見当もつかなかった。

「安藤家は名門の家柄。大名のみならず、万石《まんごく》以下の旗本衆の中にも安藤一族の者が御座ろう。まずは安藤姓の旗本に当たってみてはいかがかな？」

「………」

又五郎には、その提案に従う他に道はなかった。

備前池田家の筆頭国家老である荒尾志摩嵩就《あらおしまたかなり》に、家老職の乾甲斐《いぬいかい》が言った。

「これほど探索致しても河合又五郎が見つからぬ上は、もはや領外に出たものと……」

「うむ」

志摩が頷く。

「殿からは、一刻も早う又五郎の首を持って参れ！　と矢のような催促で……」

甲斐は苦り切った顔を見せる。

「見つからぬものは致し方あるまい」

志摩は平然と応えた。未だ三十手前で、血気盛んな主君忠雄の怒りが凄まじいものであるのは当然のことだが、志摩はそれを然《さ》して気にしてはいなかった。

たかだか稚小姓《ちごしょう》が一人命を落としただけのことである。藩の一大事とは言えまい。主君忠雄の怒りも時とともに薄れていこう。そう考えていた。

「すでに三組の討手《うって》を編成致し、出立の用意は整っております」

甲斐が続ける。

「又五郎奴《め》が頼るとすれば、まず父親半左の兄で大和郡山松平家《やまとこおりやままつだいら》の剣術指南役河合甚左衛門《じんざえもん》、次いで縁戚の摂津尼崎戸田家《せっつあまがさきとだ》の槍術《そうじゅつ》指南役櫻井半兵衛《さくらいはんべえ》、さらには縁戚で、大坂堺《さかい》の商人虎屋久右衛門……」

「うむ」

それらのいずれが匿《かくま》うにしても又五郎を自宅に置いておくとは思えない。また誰かに委ねる。討手の追及に口を開くとも思えない。又五郎を見つけ出すのは容易ではなかった。見つからねばそれでよい。志摩はそう思う。殿には新たな稚小姓を充《あ》てがえばよいのだ。それで殿のお気持ちをお宥《なだ》め致すほうが意味がある。

問題になるとすれば、又五郎が見つかったにも拘わらず、討つことも捕えることもできぬ場合のみだった。

「高崎安藤家」

志摩は、そう口に出した。

「！」

甲斐が息を呑む。もしも高崎安藤家に逃げ込まれれば、敵が嵩《かさ》にかかって備前池田家を嬲《なぶ》ってくるは必定《ひつじょう》。主君忠雄は退《ひ》くことを知らない。右京進殿と一戦を交え、高崎安藤家を滅ぼしてでも又五郎の首を獲《と》れ、と言い張るに違いない。

宮内少輔忠雄は高崎安藤家を軽く見ている。三十一万五千石の国主からすれば、五万五千石の小大名なぞ取るに足らぬ、そう思い込んでいる。

だが、譜代の大名が外様の大藩と争うとなれば、徳川の戦闘集団旗本八万騎が起ち上がることに疑いはなかった。

「江戸に知らせを」

志摩は甲斐に命じて、備前池田家江戸家老を務める甥《おい》の荒尾但馬《たじま》に急使を送った。

江戸湊《みなと》に着いた又五郎は、沖合に停泊した二百五十石積みの船から小舟に乗り換え、品川《しながわ》辺りで上陸すると、とりあえず芝の通りを真っ直ぐに、京橋《きょうばし》、日本橋《にほんばし》、馬喰町《ばくろうちょう》と、物珍しげに眺めながら初めての江戸の街を歩いていった。

江戸随一と名高い浅草金龍山浅草寺《あさくさきんりゅうざんせんそうじ》の観音様に詣ろうかとやってくると、さすがは将軍家のお膝元、その余りの賑やかさには目も眩《くら》む思いだった。参拝を済ませ、人の流れに合わせて本堂の裏手に廻ると、そこにはずらりと露店が並び、景気のいい売り声が響いている。

「サァ見てらっしゃい、見てらっしゃい。親は代々猟師《かりうど》で、孕《はら》み狸を撃ったる怨みが子に報い、見ての通りの尻尾が出ている女が生まれた。見るは法楽見られるは因果、可哀相なのはあの子で御座い、ホレあの通り生きてるよ、生きてなけりゃあお代はいただかない。おーい、みいちゃんやぁ、みいちゃんやぁ――」

などという見世物や、

「さてお立ち会い。御用とお急ぎでない方は聞いてらっしゃい見てらっしゃい。これなるは当地評判の軍中蝦蟇《ぐんちゅうがま》の油《あぶら》。ひと口に蝦蟇と言っても、そんじょそこいらの蛙とはわけが違う。これより遥か北に当たって筑波山《つくばさん》の麓において車前草《おんばこ》という露草《つゆくさ》を喰って生きている、前足が四本で後足が六本、これを称して四六《しろく》の蝦蟇。この蝦蟇の油を取るにはどうして取るか。四方に大きな鏡を立て下には金網を張って、その中に蝦蟇をば追い込む。すると蝦蟇は己《おのれ》の姿が鏡に映るのを見て驚いて、たらーりたらりと脂汗《あぶら》を――」

などという膏薬《こうやく》売りの周りには黒山の人だかりができていた。

独楽《こま》回し、猿芝居、居合《いあい》、軽業《かるわざ》、手妻《てづま》などの大道芸人が参拝客を楽しませている脇にずらりと並ぶ水茶屋《みずぢゃや》の一軒で憩《やす》んでいると、同じ床几《しょうぎ》に座っていた老人が声をかけてくる。

「もし、お若い方……」

見たところ、富裕な商家の隠居と思われる穏やかな風貌をしている。

「旅のお方とお見受け致しましたが、遠国《おんごく》よりお出《い》でですかな?」

「拙者、備前岡山を立ち出でて、先ほど江戸に着いたばかりに御座います」

「ほほう、これは豪《えら》い。着いたばかりでまずは浅草の観音様を拝もうとは、お若いのに見上げたお心掛けで御座いますな」

「いえ、右も左もわからぬゆえ、とりあえず名高き場所に参っただけのことで……」

「では、この金龍山浅草寺の縁起《えんぎ》もご存知ではない?」

「はぁ、存じませぬが……」

「その昔、推古《すいこ》天皇の御代《みよ》に、土師臣真中知《はじのおみまなち》という人が罪を犯して関東に流罪となって、家僕《かぼく》の檜前竹成《ひのくまのたけなり》、濱成《はまなり》という兄弟を連れて駒形《こまがた》の辺りで漁夫《ぎょふ》となりまして……」

ははぁん、この爺《じい》様は、田舎者を見つけては自慢の蘊蓄《うんちく》を語りたがる手合《てあい》の年寄りか。又五郎はそう思った。

「このすぐ先に大きな川が流れております。東《あずま》の渡しの上手を隅田川《すみだがわ》と言い、東の渡しから下手の御厩河岸《おうまやがし》までを宮戸川《みやとがわ》と言い、御厩河岸から永代《えいたい》までを大川と申しますが、この宮戸川にて三人が網を打つと、引っかかってきたのがすなわち一寸八分の閻浮檀金《えんぶだごん》」

「………」

「これをお祀《まつ》りしたのがそもそものこの観音様の始まりで、のちに源頼朝《みなもとのよりとも》公が非常に仏法帰依《きえ》のお方であったために、この場所に一堂を建立して観世音《かんぜおん》を安置し奉《たてまつ》ったので御座います」

「なるほど……」

「あなたも遥々《はるばる》江戸までお出でになったからには大望《たいもう》がおありのことで御座いましょう。必ずやこの観音様のご利益《りやく》が、お力添えをして下さいますぞ」

「忝《かたじけの》う存じます」

思ったよりも話が短く済んだことに安堵して、又五郎は素直に頭を下げた。そして、

「あの、拙者ご老人に、お訊ねしたきことが……」

「ほう、こんな年寄りでお役に立つことなればなんなりと……」

老人が笑顔を見せる。

「安藤姓の旗本を、どなたかご存知では御座りませぬか？」

「ふむ、安藤姓のお旗本はいくらもおられましょうが、生憎《あいにく》手前にはお交際《つきあい》が御座いません」

「では、旗本の屋敷はどの辺りにありましょうや？」

「それは番町《ばんちょう》には旗本屋敷が固まっておりますが、一軒一軒表札が出ているわけでなし、容易に見つかるものとも思えませせぬなぁ……」

「…………」

又五郎は力なく肩を落とした。

「まぁこの辺りでもお旗本はよくお見かけ致します。いっそどなたかお殿様を摑まえて、お訊ねになってみてはいかがです？」

そう老人は言った。

「はぁ」

「ただし、お旗本衆というのは大層《たいそう》気の荒い方が多《おお》御座いましてな、特にほれ、そこを威張《えば》って歩っているお方……」

老人が扇子《せんす》で示したほうに眼を向けると、派手な横縞の衣服《きもの》を着た大柄な武士が、草履《ぞうり》取りの小者を一人従え肩で風を切って歩いていた。

「あのお殿様は兼松又四郎《かねまつまたしろう》様と申される、お旗本衆の中でも特に荒っぽいお方、御濱御殿《おはまごてん》で斯《か》の仙台黄門《せんだいこうもん》、独眼竜で名高き伊達政宗《だてまさむね》公の横っ面《つら》を拳固《げんこ》で打《ぶ》ん殴ったというくらいの乱暴者……」

その男、歳は三十前だが堂々たる威圧感を放って歩き去っていく。

「ああいうお方に迂闊《うかつ》にお声をかけようものなら、無礼者ッ！　と言っていきなりお手討になるやも知れませんので、よくよくお気をつけなされまし」

「忝《かたじけな》いッ！」

起ち上がった又五郎は、勘定を置くと兼松又四郎なる旗本を追って駆け出した。

俺は、人を殺して逃げてきた男だ。俺のせいで父上は、おそらくもう生きてはいないだろう。そんな俺に、穏やかに生きる道などありはしない。又五郎はそう思う。

兼松なる旗本がいかに物騒な人物であろうとも、それに怖気《おじけ》づいておるようではこの先なにもできはせん。常に火中の栗を拾うしかないのだ。そう肚《はら》を決めていた。

本堂脇から仁王《におう》門のほうへと進む旗本を追い抜くと、前方を塞《ふさ》ぐように又五郎は足を止めた。

「邪魔だ。退《ど》けいッ」

兼松又四郎が声を出した。低く、肚に響く声だった。

又五郎は退《ど》かなかった。ただ真っ直ぐに旗本の眼を見据えている。

「なんじゃ小僧……」

たちまち又四郎の眉根《まゆね》に皺《しわ》が立つ。眼は鋭く眉が濃く髭剃り跡が青々とした、いかにも武人然とした面《つら》構えをしていた。

「徳川家《とくせんけ》直参《じきさん》、兼松又四郎と知っての振舞いか？」

左手で腰の刀の鞘首《さやくび》を摑み、

「然《さ》すれば容赦は致さぬぞッ」

又五郎は、相手から眼を逸らさぬまま腰の大小を外して地面に放り出し、膝を折って土の上に座り込む。

「直参旗本兼松又四郎様を武士《もののふ》と見込んで、お願いの儀あって推参仕《つかまつ》りました」

背筋《せすじ》を伸ばし顔を上げ、泰然と言った。周囲の者が足を止めて遠巻きに見ていることなど気にならなかった。

「猪口才《ちょこざい》なッ！」

ダッ、と駆けた又四郎が雪駄《せった》で又五郎の顔面を蹴りつける。後ろに吹っ飛び、仰向けに倒れた又五郎は、すぐさま起きると元の正座に戻った。背を反らし両の拳《こぶし》を太腿《ふともも》に置く。たちまち鼻血が溢れ出した。

「某《それがし》備前岡山にて、宮内少輔殿の近習《きんじゅう》を斬って出奔《しゅっぽん》して参った者に御座りますッ」

「なに？」

行き過ぎようとしていた又四郎が足を止める。又五郎は又四郎に向き直り、

「なにとぞ兼松様のお力をもって、上州高崎安藤家にお取次ぎをお願いしとう存じますッ」

又五郎は両手をつき、土に額を押し当てた。

「高崎安藤家……」

そう又四郎が呟《つぶや》くのが聞こえた。顔を上げた又五郎の眼を覗き込み、

「事と次第によっては、其方《そのほう》の命はないぞ」

そう言った。

「命は、疾《とう》に棄てております」

流れ落ちる血に構いもせず、又五郎は決然と言い放つ。

ふっ、と口を歪めた又四郎が、そのまま背を向けて歩き出した。

「ついて来い」

「はッ!」

又五郎は地面に転がる差料《さしりょう》を腰に挿すと、慌てて又四郎の広い背中を追った。

四

「今度の仕事は些《いささ》か面倒臭うてな……」

神崎彦六が言った。神田新石町《しんこくちょう》の蕎麦《そば》屋だった。

「両国廣小路《りょうごくひろこうじ》の乾物《かんぶつ》商、三笠《みかさ》屋というのを知ってるか？」

市岡誠一郎は首を横に振った。無言で蕎麦切りを手繰《たぐ》っている。

「その三笠屋の跡取りのどら息子が年増《としま》女に入れ上げて家に帰って来ん、なんとか連れ戻してはくれまいか、という依頼での」

彦六は小普請《こぶしん》組に属する四両二人扶持の御家人で、以前は八丁堀《はっちょうぼり》の同心《どうしん》をしていたらしいが、いかなる事情があったものか役を解かれ、無役の気ままな身分になっていた。いまは同心時代に培った伝手《つて》と人脈を使って、口入れ屋のような内職に精を出している。

「それのどこが面倒なんだ？」

二枚目のせいろを喰い終えた誠一郎が湯吞みに手を伸ばす。

「ただ連れ帰っただけではすぐにまた家を出てってしまう。きっぱりと女と手を切らさなきゃあならねえが、どら息子も女も頑《がん》として言うことを聞かん」

然《さ》して歳の変わらぬ彦六とは知り合ってもう一年にもなるが、誠一郎は彦六が袴を穿いているのを見たことがない。いつも黒木綿の紋付きの着流しに雪駄履きという姿をしていた。

「俺に向いた話ではないな……」

誠一郎は袂《たもと》から出した四文銭を数え始めた。

「それが、すでに傭われた者が失策《しくじ》りおってな」

花巻《はなまき》を箸でつまんで彦六が言った。

「ほう」

「いっそその年増がいなくなりゃあ話が早いと踏んだ破落戸《ごろつき》野郎が女を殺そうとして、女を護るためにどら息子がそいつに斬ってかかった」

「………」

「跡取りを傷つけては礼金にはありつけんからな、結局その破落戸《ごろつき》だけが怪我をした」

「つまらん話だ」

「それで先行きを案じたどら息子が頼ったのが、夢《ゆめ》の市郎《いちろ》兵衛《べえ》、とか申す輩《やから》でな」

「まだ続くのか？」

「その市郎兵衛というのはかなり名の知られたやくざ者らしゅうてな、これをなんとかせんことには当のどら息子と話をすることもできぬという有様《ありさま》よ」

「たしかに面倒臭い話ではあるな……」

ようやく蕎麦を喰い終えた彦六とともに店を出て歩き出す。

「面倒臭いが金になる話だぜ」

「俺の関わるべき話ではない。他を当たってくれ」

「三笠屋は、上手く片をつけてくれれば百両出す、と言うておる」

「………」

そのまま誠一郎は無言で歩いた。彦六もそれ以上は言わない。やがて御成道《おなりみち》まで来たとき、

「待ていッ！」

いきなりの大声が聞こえた。

「拙者を侮蔑するただいまの雑言《ぞうごん》、聞き逃しはせぬぞッ！」

誠一郎が声のしたほうに眼を遣ると、歳のころは五十前後、月代も髭も伸び放題で襤褸《ぼろ》同然の衣服《きもの》を着た浪人者だった。いかにも、尾羽《おは》打ち枯らした、という姿に見える。その声にどこぞの大名家の家中と思しき三人組の羽織袴の武士たちが足を止めた。

「なんじゃと？」

「我らがなにか言うたかの？」

「聞き違えで御座ろう」

薄笑いを浮かべて三人組が言った。浪人者は刀の鞘首《さやくび》を摑んで三人の前に立ち塞がり、

「いずれの家中じゃ、名を名乗れッ！」

「左様な見苦しき風体《ふうてい》の浪人者に、名乗る名は持ち合わせぬわ」

三人の中では年長の一人が嘲りの声を出した。

「なにィ！」

浪人者がスラリと刀を抜き放つ。他の二人が慌てて浪人者を宥《なだ》めにかかった。

「な、なにかの思い違いで御座ろう」

「わ、我ら、貴公を侮蔑など致してはおらぬ」

「なにを今さら、臆したかッ、抜けッ！」

鋒《きっさき》を向けてくる浪人者に、体面を保とうとするかのように年長が、

「我ら、藩の法度《はっと》で私闘は堅く禁じられておるッ！」

「抜かぬのなら、こちらから参るぞ！」

浪人者が刀を八双《はっそう》に構えた。三人組が慌てて刀を抜き合わせる。浪人者がジリジリと間合いを詰めてゆく。それとともに武士たちが後退《あとずさ》る。

いつしか周囲には多くの野次馬が集まり、遠巻きにその争いを眺めていた。誠一郎がそのまま行き過ぎようとすると、

「まあ待て。いかなる顚末《てんまつ》と相《あい》なるか、見ていこうじゃないか」

彦六は面白がっていた。

「一対三の斬り合いなんて、見たことあるか？」

見たことはないが、やったことはある。誠一郎はそう思った。

そこに、前方から一挺《ちょう》の切棒駕籠《きりぼうかご》がやってきた。通れぬと見て駕籠舁《か》きの中間二人が道の端《はた》に駕籠を降ろすと、供の腰元が駕籠に寄り添う。先棒の中間が騒ぎを覗き込み、

「お待ち下さいましッ！」

と野次馬を掻き分け浪人者に駆け寄る。

「直参旗本阿部《あべ》様の御駕籠で御座います。どうぞお通しを願いますッ」

先棒は浪人者の背後に片膝をついた。浪人者は振り向きもせず、

「ならぬッ！　廻り道を致せッ！」

「じょ、串戯《じょうだん》言っちゃァいけねえや」

後棒の中間がやってきて、

「そっちこそ脇でやりやがれッ！」

「なにィ！」

浪人者が振り返る。鎌髭《かまひげ》を生やし、腰の後ろに木刀を挿した後棒はなおも言った。

「こっから廻り道なんぞしてたんじゃァ大廻りになっちまう。そんなことをしてりゃァ日が暮れちまわァ。ちょいと通してくれりゃァいいじゃねえかよッ！」

「武士の面目《めんぼく》を懸けたる命の遣り取りを、脇でやれ、と申すかッ!?　下郎《げろう》の指図は受けぬわ！」

浪人者が吐き棄てる。

「こっちゃァ下郎だろうと直参旗本の家来でえッ！　瘦せ浪人は脇ィ寄ってろィ！」

今度は先棒が言った。

「武士を武士とも思わぬ奴輩《やつばら》、ただでは置かぬぞッ！」

浪人者が駕夫《ろくしゃく》の二人に向き直ったその隙に、三人組の武士たちが素早く走り去ってゆく。

「今のうちだッ、行くぜッ！」

先棒は後棒に声をかけ、急いで駕籠に駆け戻った。

「なんとあってもここは通さぬ！」

三人組に逃げられた浪人者は、怒りも顕《あらわ》に駕籠の前に抜身の刀を下げて立ちはだかる。

「通れるものなら通ってみよッ！」

先棒の眼前に鋒《きっさき》を向けた。

「ヒッ！」

悲鳴を上げた先棒は、ヘナヘナと土の上に座り込む。

「其方《そのほう》ら、命はいらんと見える。手討に致す。そこに直れッ！」

浪人者が大声を出した。

「おい、助けてやれ」

彦六が誠一郎の耳元で言った。

「俺も以前は町奉行配下でお江戸の治安を守っていた身だ。侍《さむれえ》同士ならいざ知らず、木刀しか持ってねえ中間が斬られんのを見過ごしにゃあできねえ。なぁ、助けてやれよ」

「断る」

誠一郎は平然と言った。

「どうぞ、ご勘弁を願います」

腰元が浪人者に向かって地面に跪《ひざまず》き、手にした紙包みを差し出した。浪人者はそれを見て、

「なんじゃ？　金《かね》か？」

「些少では御座いますが、どうかお怒りをお治めいただきとう存じます」

浪人者が刀の一振りで紙包みを叩き落とす。

「！」

「其方《そのほう》、某《それがし》を強請《ゆす》り集《たか》りと思いたるかッ！」

腰元が息を呑む。

「いえ、けしてそのような……」

「ならばなにゆえに金を出す？」

「それは、……当家の者があなた様に大変なご無礼を働きましたゆえ、せめてものお詫びの印で御座います」

三十をいくらか過ぎた年格好の腰元は、怯えを滲《にじ》ませながらも気丈《きじょう》に言った。

「詫びならば、なにゆえ主人《あるじ》が姿を見せぬ？」

「……………」

言葉に詰まった腰元が下を向く。

「使用人の不始末は主人《あるじ》の咎《とが》、主人《あるじ》が出て参って詫びるのが道理であろう」

「いえ、それは……」

「そこな御駕籠の御仁《ごじん》、面《つら》を見せいッ！」

浪人者が大声を出した。

「然《さ》もなくば、この下郎二匹斬って棄てるが、それでもよいかッ⁉」

腰元が慌てて駕籠に縋《すが》りつく。先棒と後棒は、無言で浪人者を睨みつけていた。

「おい、もう止めねえと拙《まず》いぜ」

また彦六が誠一郎に言った。

「ならばお主が行け」

誠一郎が彦六を振り返る。彦六は腰の刀の柄《つか》に手を置き、

「そうしてえのは山々だが、俺ぁこっちのほうはからっきしなのを知ってんだろ？」

「ならば放っておけ」

そう言って誠一郎が歩き出す。

「まぁ待て待て、俺が金にしてやろう。旗本の家から礼金を取ってやるから、仕事じゃと思うて助けてこいッ」

そう言って彦六は、ドン、と誠一郎の背を突いた。ととっ、と誠一郎が前に出る。

「待たれーいッ！」

彦六が浪人者に向かって大声を擲《な》げた。

「邪魔立てを致すかッ⁉」

振り返った浪人者が誠一郎に刀を向ける。

「まあ待たれい」

渋々誠一郎は声を出した。

「某《それがし》は、この近くに住居《すまい》しておる市岡誠一郎と申す者。浪人者は相身《あい》互い、其許《そこもと》のお怒り無理も御座らぬ」

「………………」

浪人者は静かに誠一郎を見つめている。関わりとうなかった。誠一郎はそう思った。

いまの世の中、公儀の大名廃絶策により次々と大名家が取り潰され、巷《ちまた》には禄を離れた浪人者が溢れ返っている。日に一度の飯さえままならぬ者も少なくはなかった。

ここまで追い詰められた者には好きなようにさせてやればよい。そう思っていたのだ。だが、関わってしまった上はなにかをせねばならない。

「悪いようには致さぬ。まずは、刀をお収めあれ」

誠一郎は穏やかに言うと駕籠のほうを向き、

「御駕籠のお方、事ここに至りては、なんとも致し方なきかと存ずる。姿を見せられてはいかがかな？」

その声に駕籠の戸が開き、姿を現したのは華やかな振り袖を纏《まと》った姫君だった。周囲の野次馬から響《どよめ》きの声が上がる。

十七、八歳と思しき美しき娘が起ち上がり、
「御上《おかみ》より三千石を賜《たまわ》る三河以来の直参、阿部四郎五郎《しろごろう》の娘に頭を下げよと申されるのか？」

険しい眼を誠一郎に向ける。

「…………」

「元はと言えばこの者こそ、刀を振り回して天下の往来を騒がせたる不逞《ふてい》の輩。我らになんの咎《とが》がありましょうや」

「ならばなにゆえに金を出したッ⁉」

浪人者が姫に言った。

「それは供《とも》の者が致したること。貧困に喘《あえ》いで血迷うたる者への施《ほどこ》しでもあろうや」

姫は険しい眼を浪人者に向ける。

「なにィ⁉」

浪人者の眼が怒りに燃えた。

「些《いささ》か言葉が過ぎは致しませぬか？」

誠一郎は姫に厳しい眼を向けた。

「落ちぶれたりとはいえども、この桐山八郎兵衛《きりやまはちろべえ》は、乞食では御座らんッ！」

浪人者の言葉には、武士としての最後の矜持が溢れていた。桐山八郎兵衛と名乗った浪人者の姿に誠一郎は、己《おのれ》の行く末を見る思いがしていた。

「ならばなんと致す？」

姫は八郎兵衛を、強い意志を宿した眼で見据えた。

「身共《みども》を斬ると申すか？」

「お望みとあらば斬って進ぜよう」

八郎兵衛がスッ、と鋒《きっさき》を姫に向ける。誠一郎はその挙措《きょそ》に、確かな剣の腕を感じた。

「身共《みども》は女といえども直参旗本阿部家の血を引く者。不浄《ふじょう》浪人の無理難題に怖れをなして頭を下げは致さぬ」

姫が言った。

「お待ち下されッ！」

誠一郎は姫に言った。だが姫は、

「直参旗本阿部家の娘を斬らばいかような事態と相《あい》なるか、確《しか》と覚悟召されよ」

と前に進み出る。

「面白い」

八郎兵衛が昏《くら》い笑みを浮かべた。

「元は筑後《ちくご》柳川《やながわ》三十二万五千石に禄を食《は》みたるこの桐山八郎兵衛、我らにはなんら落度もなく、ただ主家にお世継《よつ》ぎ無きがゆえにお家は断絶、以来浪々の身と相《あい》なった。もとより活計《たつき》の術《すべ》など知る由《よし》もなく、仕官の道も途絶え果て、無用の者と蔑《さげす》まれるばかりのこの世に存念は御座らん」

「ならぬッ、ならぬぞッ！」

誠一郎が刀の前に飛び出す。八郎兵衛は誠一郎を見つめて、

「其許《そこもと》、市岡氏《うじ》と申されたかの？」

「いかにも」

「妻子は御座るか？」

「子はおらぬが、妻はおる」

「某《それがし》の妻は先月死に申した。もはや某《それがし》がなにを致そうともこの身を案じてくれる者とて一人もおらぬ。直参旗本の娘を斬らばいかなる騒動と相《あい》なるか、篤《とく》と見せてもらおうか」

八郎兵衛が刀を青眼に構えた。

この男は、死に場所を求めて彷徨《さまよ》っていたのではないか、誠一郎はそう思った。武士らしく、戦って死ねる場を探し続けていたのではないか。だがこの男は腕が立つ。生半可な相手では死ぬことができない。だから敢《あ》えて三人組と悶着《もんちゃく》を起こしたのではないのか。

そしていま、この男は誠一郎に斬られたがっている。誠一郎なら自分の望みを叶えてくれる、そう思っているのではないか。

だが誠一郎は、この男を斬りたくはなかった。

「待たれい、武士は辛抱で御座る、辛抱で御座るぞッ」

「辛抱には、もう飽《あ》いたわ……」

八郎兵衛が刀を振り被る。誠一郎が瞬時に抜き合わせる。

「待たれいッ、待たれいッ！」

そう声を出したが、すでに誠一郎の肚《はら》は決まっていた。

ここで八郎兵衛を生かしてなにになると言うのか。その先に待っているのは、さらなる屈辱的な死でしかないはずだ。ならば、ここで斬ってやるのが慈悲というものだ。

八郎兵衛がひと足前に出た。誠一郎に踏み込むと見せて踵《きびす》を返して姫に斬りかかる。誠一郎はその背に一刀を浴びせた。

肩から乳《ち》の下までを断ち割られた八郎兵衛は、ドウ、と倒れて動かなくなる。

ふいに誠一郎と姫の眼が合った。

先ほどまでの強い言葉を裏切るかのように、姫の両の眼からは涙が流れ落ちていた。

五

「其方《そのほう》が、河合半左奴《め》の倅か？」

兼松又四郎からの知らせを受けて三番町の兼松邸にやってきた、まだ二十代半ばと思しき旗本が言った。

「河合又五郎に御座ります」

又五郎は畳に平伏したままで応えた。

「俺は安藤治右衛門《じえもん》。上州高崎の右京進殿には又従兄弟《またいとこ》に当たる」

着流しの姿で胡座《あぐら》に座る治右衛門も、兼松又四郎と同じく荒々しい気性を匂わせている。

「汝《うぬ》の親父の一件では、高崎の家中に腹を切った者もおる」

その声音は険しかった。

「………」

又五郎は、ただ平伏しているしかなかった。

「さて、汝《うぬ》をどう料理してくれようか……」

「まぁ待て」

兼松又四郎が言った。

「この者には指一本触れさせせぬ」

「あ？」

治右衛門が訝《いぶか》しげに又四郎を振り返る。

「此奴《こやつ》は右京進殿に引き渡すのであろう。ならば生死は問わぬはず、首さえ届ければよい」

「いや、親父の怨みを倅に向けてなんになる？」

又四郎は微かな笑みを見せた。

「怨むべき相手は、池田宮内少輔忠雄」

「た、たしかに……」

「この河合又五郎は俺が預かる。誰にも渡しはせん」

「なに？」

「右京進殿に渡せば池田と安藤、大名同士の争いとなる。それでは些《ち》と面白うないでな……」

「ん？　どういうことじゃ？」

「実はお前の他に、もう一人呼んであっての」

「誰をじゃ？」

「池田源兵衛《げんべえ》」

「！」

治右衛門が息を呑む。又五郎はすでに又四郎から聞いていた。池田源兵衛は備前池田家の遠縁に当たる旗本だ。

「源兵衛に言うて、備前池田の江戸屋敷に伝えさせる。河合又五郎は兼松又四郎の屋敷におる、とな……」

「な、なにをするつもりじゃ？」

「いまこそ外様の田舎大名に、旗本の意気地を見せてくれるわ」

「なるほどッ」

治右衛門が昂奮の笑みを漏らした。

「外様大名なぞというものは、織田《おだ》の勢力あるときには織田に従い、豊臣《とよとみ》が天下を取れば豊臣に従い、また徳川の天下となればこれに従う、いわばその時々の風次第、ただ己《おのれ》の家国《いえくに》を完《まっと》うすることのみを旨としておる」

又四郎が言った。

「我々旗本は安城山中《あんじょうやまなか》以来の徳川の臣、いまとなって時の天下に諂《へつら》う大名が威勢を振るうのはその意を得ぬ。治《ち》にいて乱を忘れず、一朝《いっちょう》事あるときは陣頭に進んで命を擲《なげう》とうという八万騎の旗本、相手が大名だからとて恐るるところはない」

「その通りッ！」

治右衛門が大きく掌を一つ叩く。

徳川家の制度では、一万石以上は大名、それ以下は旗本、さらに御目見得《おめみえ》以下の者が御家人とされていたが、その待遇には歴然たる差があった。

旗本は、戦場での武功に対する報奨の少なさに絶えず不満を抱いていた。それに引き換え外様大名には、戦《いくさ》で負けた側であるにも拘わらず、大禄を与えられて国持ちとなっている者が少なくない。これがなんとも旗本には我慢がならなかった。

本来ならば負けた側の領土を召し上げ、旗本勢に分け与えるのが筋である。そう思っていた。しかし公儀の方針は違った。

戦闘集団であるべき譜代の臣に大禄を与え、富ませてしまっては牙を抜くに等しい。いつでも戦える状態に置くためには飢えさせておかねばならぬ。そう考えた。

一方敵方であった豊臣恩顧の大名には、不満を抱かせては再び結集して幕府転覆を謀《はか》らんとも限らぬと、大禄を与えた上で贅《ぜい》を尽くさざるを得ぬような格式を課したのである。

結果として外様の大名は、勝者である徳川譜代の臣であることをことさらに誇示しようとする旗本が癪《しゃく》にさわり、微禄の者と蔑《さげす》む。旗本の側はといえば、いざ事あらば外様大名なぞ力で捻《ね》じ伏せてくれん、と意気込んでいたのである。

「このごろどうも、大名の跋扈《ばっこ》が目に余る」

治右衛門が言った。

「己《おのれ》が槍を取って戦場を往来致し軍功を顕《あらわ》したによって大禄を頂戴したというのではない。家来が戦場で働いたり、先祖の働きで三十万石でも五十万石でもその食禄《たか》を預かっておる木偶《でく》人形も同様のもの。それをも顧《かえり》みず、ややともすると天下の旗本を軽く見ておる」

　又四郎が頷き、

「我らの先祖は東照権現公に従って、槍ひと筋で天下を取った剛《ごう》の者、田舎の大名如きがなんの武勲もないのに仰々《ぎょうぎょう》しく振舞っておるのは怪《け》しからぬ」

「おお、殊《こと》に相手が池田宮内少輔というなら面白いッ」

　戦《いくさ》があれば、こういう腕自慢で力自慢の旗本は御役にも立つが、徳川家も家康公を初代として二代秀忠《ひでただ》、三代家光《いえみつ》と続き、刀は鞘《さや》に、弓は袋に収まって枝も鳴らさぬ泰平の世になると、三河この方徳川家のために身命を擲《なげう》って骨を折った一騎当千の旗本も、もはや働き場所もなく手持ち無沙汰の態《てい》となっていた。

「俺はこの又五郎を家来として召し抱える。どこに行くにもこいつを供として連れて歩く。河合又五郎を襲うのは俺を襲うということだ」

　又四郎は楽しげに言った。

「俺が外様の池田に斬られれば、旗本八万騎が黙ってはいまい？」

「応《おう》ッ、弓、槍、鉄砲を整えて、備前三十一万五千石を叩き潰してくれるわッ！」

　がははは、と、治右衛門が高笑いを上げた。

池田源兵衛より知らせを受けた備前池田家の江戸家老荒尾但馬は、直ちに兼松又四郎の屋敷に使者を送った。

「某《それがし》、備前岡山藩主池田宮内少輔忠雄が家来、寺西八太夫《てらにしはちだゆう》に御座ります」

書院の畳に平伏した八太夫を、床の間を背にして脇息《きょうそく》にもたれた又四郎が冷やかに見つめ、

「うむ」

とだけ言った。

「今般《こんぱん》、河合又五郎なる者、兼松又四郎様がお預かりとの由《よし》聞き及んでおりますが、真《まこと》に御座いましょうや?」

「いかにも、河合又五郎は俺が召し抱えた」

又四郎が薄笑いを浮かべる。

「その者は、当家において罪を犯し逃亡致したる者、何卒《なにとぞ》お引渡しを願いとう存じます」

八太夫は面《おもて》を伏せたままで言った。

「其方《そのほう》、本気で言うておるのか?」

又四郎の問いに八太夫が顔を上げた。五十手前の、関ヶ原や大坂の陣では戦場を駆け廻ったであろうことが窺われる古強者の顔をしている。

「本気で……、とは?」

「俺が家来にしたと言うておるものを、渡せと言われてこの兼松又四郎が、温順《おとな》しく渡すとでも思うておるのか、と訊いておる」

又四郎は、早くも喧嘩に持ち込もうとしていた。

「では某《それがし》が、串戯《じょうだん》を言うためにわざわざ訪ねて参ったと思われまするか？」

八太夫は又四郎の眼を見据えて言った。

「ほう」

「罪ある者を召し抱えられたがそもそもの誤り、何卒《なにとぞ》お考え直し下されますよう……」

「俺が又五郎を家来にしたのは、誤りだと申すか？」

「御意《ぎょい》」

「ならば、其方《そのほう》の主人《あるじ》の誤りはなんと致す？」

「…………」

「十四年前、罪ある又五郎の父、半左衛門を召し抱えたは誤りではないと申すか？」

「そのときの我が殿の義俠によって救われた半左衛門の倅が、大恩ある当家の家臣を斬って逐電《ちくでん》致す、信義を旨として生きる武士にとって、これほどの大罪も御座りますまい？」

「ほほう、面白きことを吐《ぬ》かす奴じゃのう」

又四郎が嘲笑を漏らした。

「ならば幕閣に訴え出てみよ。愛しき稚小姓が斬られたのが悔しゅうてならぬゆえ、十四年前のことには頰被《ほおかぶ》りをして、兼松又四郎から下手人《げしゅにん》を取り戻して下され、と願い出て、天下に大恥を晒《さら》して見せいッ」

「…………」

八太夫の眼に怒りの焰《ほむら》が立った。

「兼松様……、一《いち》旗本のお立場でありながら、備前岡山三十一万五千石を侮り召さるな」

「なんじゃと？」

又四郎の眉間に縦に皺《しわ》が走る。

「陪臣《またもの》の分際で、直参旗本を愚弄致すか？」

「兼松様は、関ヶ原の折にはまだ生まれてもおられますまい？　大坂の陣の折にもまだ元服前に御座りましょう」

「それがどうした？」

「当池田家には某《それがし》を始め、戦場の生き残りが数多く御座りますれば……」

「戦場も知らぬ小童《こわっぱ》は、黙って言うことを聞け、と申すか？」

「いかようにもお受け取り下されませ」

八太夫は、又四郎を挑発するが如き笑みを浮かべた。

「そうか……」

又四郎は八太夫の眼を見据え、

「其方《そのほう》、死にに参ったな？」

「…………」

「又五郎の一件では、どうしても十四年前のことが障《さわ》りとなる。稚小姓が斬られたのが因《もと》というのも風聞《きこえ》が悪い……」

又四郎の口元に嘲りの笑みが浮かぶ。

「ゆえに俺を怒らせてこの場で斬られ、大名の使者が旗本兼松又四郎に理不尽に斬られた、との事実をもって喧嘩の火種に致さんという肚《はら》か？」

「さて……」

八太夫には些《いささ》かも臆するところがなかった。

「戦乱の世から未《いま》だ十五年。戦いを己《おの》が生涯の生業《なりわい》とした我らにとって、命を棄てるは古草履《ぞうり》を棄てるが如きもので御座る」

武士というものには「誇るべきは勇、恥ずべきは怯《きょう》」の気概があり、それゆえ自ら進んで死を求める者とて少なくはなかった。池田宮内少輔忠雄にも、その家来にも、そして敵として立った兼松又四郎ら旗本にも、同じ流れの武士としての性根があった。

「理由がいかにあろうとて、当方に河合又五郎を引渡すか、あるいは某《それがし》を斬るか、どちらでもお好きにお選び下されい」

八太夫は泰然と言った。

「その手には乗らん」

又四郎は冷やかに言った。

「武士たる者が一旦承知をした上は、池田の武勇に恐れをなして匿《かくま》いたる者を渡したとあっては旗本八万騎の恥辱。いかなる事態に至るといえども、断じて又五郎は渡さぬ」

「……………」

「きょうのところは生かして帰してやる。疾《と》っとと失せろ」

「ほほう、やたらと肩肘張って、武《ぶ》を売りにしておられるお旗本が、いざ人を斬るとなると怖気《おじけ》づいておられますかな？」

八太夫が凄味のある眼で言った。又四郎の眼がスッと細くなる。

「きょうは無事に帰してやるが、俺を怒らせた汝《うぬ》のことを忘れはせん」

「………」

「きょう死ななんだことを、いずれ死ぬほど後悔させてやるから覚悟しておけッ」

そう言って又四郎は座を起った。

「ならば最後にひと言――」

八太夫が平伏して言った。

「我が備前岡山藩にて一、二を争う剣の遣い手、臼井《うすい》十太夫《じゅうだゆう》並びに志田《しだ》源左衛門《げんざえもん》の両名、先頃突如脱藩致し、行方《ゆきがた》知れずとなっており申す」

「………」

「同様の者がこれからも続々と出るかと思われまするが……」

「それがどうしたッ？」

又四郎は険しい眼で八太夫を見下ろしている。

「今後、これらの者がなにを致そうとも、当藩には一切関わりなきものとご承知おき下されますよう、確《しか》と申し伝えさせていただきまする」

「フン」

又四郎は鼻で笑った。

「其奴《そやつ》らの、屍《かばね》の山を築いてくれるわ」

そのまま又四郎は部屋を出て行った。

六

「きょうはご新造《しんぞ》はどうした？」

神崎彦六が言った。市岡誠一郎の住居《すまい》に上がり込んでいる。

「別嬪《べっぴん》殿はお出かけか？」

「うむ」

誠一郎はそれだけ応えた。

「なんでじゃ？　阿部家の使者が礼に参るというのに、夫婦揃って出迎えたがよかろう？」

「嫁には話しておらん」

「ん？」

「俺が人を斬ったなどと、嫁に話してなんになる？」

「いやいや悪事を働いたってわけじゃねえんだ、人助けをしたんだぜ。それで旗本の家から礼に来るってんなら嫁御にとっても誉《ほま》れだろうによ」

「うちの嫁御はそうではない」

「へえ、……じゃあ礼金のほうも内緒にしとくのか？」

すでに彦六が阿部家の用人《ようにん》とのあいだで、五十両の礼金で話をつけてきていた。彦六の取り分はそのうちの二割五分、差引き三十七両と二分が誠一郎の懐に入ることになる。

「そこが難しいところでな……」

誠一郎が苦笑いを浮かべる。そのとき表戸を叩く音がした。

「御免下さいまし、仲村竹蔵の母に御座ります」

「ん？」

誠一郎が起ち上がり、戸を開けにいく。

「かよ殿、いかがなされた？」

三十代半ばのかよの整った面《おも》立ちは不安の色に覆われていた。

「それが……、昨日《さくじつ》朝に家を出たきり、竹蔵殿が帰って参らぬので御座います」

「ふむ」

誠一郎の顔が曇る。

「まあとにかくお上がり下され。ふみが出ておって茶もお出しできぬが……」

誠一郎に誘《いざな》われて中に入ったかよは、彦六の姿を見て慌てて深く頭を下げる。

「この男は某《それがし》の友人で……」

誠一郎が紹介しかけたのを引取って彦六が、

「拙者は小普請の御家人で、神崎彦六と申す者に御座る」

「かよ、と申します」

かよがまた深く頭を下げた。

「いやいや、見目麗《みめうるわ》しき御婦人で御座るなぁ」

独り者の彦六は、早速美しき御婦人で御座るなぁ」

「ま、とにかくお上がりを……」

と誠一郎に促《うなが》され、ようやく畳に腰を下ろしたかよは、

「今まで斯様《かよう》なことは一度も御座りませぬことゆえ、竹蔵殿の身になにかありはせぬかと……」

「竹蔵殿は、おいくつになられたな？」

彦六が訊ねる。

「十五で御座います」

「ならばいつまでも子供では御座らん。ご案じ召されるな」

かよを安心させるように、彦六は軽い調子で言った。

「男子たる者、その年頃になり申さば家人《かじん》に知らせる暇《いとま》もなく、何事かをなさねばならぬときが御座ろう。斯《か》くいう拙者も十三の砌《みぎり》、馬での野駆けの折に道に迷うて、家に帰り着くのに三日もかかったことが御座り申した」

「なにぶん女親だけで御座りますゆえ、なにかと気にかけ過ぎておるので御座いましょうか」

かよは寂しげな笑みを浮かべた。

「まあ此度《こたび》のことは、大かた芝の御隠居から無理難題を押しつけられて、帰るに帰られぬ仕儀と相《あい》なっておるのでは御座るまいかの？」

と彦六は笑った。

「その、芝の御隠居と申されるのは、どのようなお方なので御座いましょう？」

かよが誠一郎に訊ねる。だがすかさず彦六が、

「なあに元は小身の旗本で御座ってな、家督を倅殿に譲って芝村の百姓家に隠居所を構え、道楽の盆栽作りに勤《いそ》しんでおられる御仁じゃ」

「はぁ」

「それが、その盆栽の腕前と申すのが、愛好の士のあいだでは名人上手の誉れ高きものらしゅう御座ってな、多くの大名家から高値で購《あがな》いたい、との声がかかるほどとのこと」

「ははぁ」

「それゆえ盗人《ぬすっと》に狙われておっての、広い庭一面に盆栽の鉢が並べられておるのじゃが、かつて一両日で十五鉢も盗まれたそうな」

「まぁ」

「そこで拙者の口利きでこの市岡が、盆栽の用心棒に雇われた、という次第で御座る」

「えッ？」

「日が暮れれば鉢は全て家の中に運び入れ申すゆえ、昼のあいだだけ盆栽の見張りをしておればよいのじゃが、なんとも退屈な上に御隠居がなにかと口煩《くちうるさ》き御仁で御座ってな、ついに市岡も辟易《へきえき》と致して、竹蔵殿を身代りに差し出した、というような……」

それを聞いてかよが笑みを浮かべた。

「左様なことで御座いましたか」

「歳若き竹蔵殿のことゆえ、市岡以上にこき使われておるので御座ろう」

「それを伺って、安堵《あんど》致しました」

「もし、今宵も戻られぬようなら、某《それがし》があす御隠居を訪《おとの》うて進ぜよう」

ようやく誠一郎が声を出した。

「いえ、市岡殿にそのようなお手間をおかけするわけには参りませぬ」

「なに、暇を持て余しておる浪人者ゆえ造作も御座らん。お任せ下され」

感激したかよが、両手をついて深く頭を下げる。

「そのお気持ちだけ、ありがたく頂戴致します。どうぞもうお忘れ下されませ」

「かよ殿こそ、女手一つでの子育て、ご苦労で御座るな」

心優しき男を演じて彦六が言った。

「いえ私《わたくし》のことなど……、それよりも――」

とかよが誠一郎に目を向ける。

「暇を持て余しておる浪人者、などと暢気《のんき》に申されておるのはいかがなもので御座りましょう」

「ん？」

「ふみ殿のことを考えておあげなされまし。ふみ殿は、武家の女で御座います。しかも私《わたくし》などとは違い、かなりの家格の高きお家の出とお見受け致します。斯様《かよう》な粗末な裏店《うらだな》での暮らしなぞさぞかしお辛きことに御座りましょう」

「ふみが、左様なことを申しましたかの？」

「申されませぬ。武家の女は意に染まぬこととて口には出さぬもので御座ります。然《さ》れど、そのご心底が私《わたくし》にはよくわかるので御座います」

「…………」

「ふみ殿は健気《けなげ》にも、必死に武家の暮らしを守り続けようとなされております。それはもう見ていて痛々しいほどに御座います。市岡殿は一刻も早く、ご仕官なさられねばなりませぬぞ」

「しかし……」

「早うふみ殿を、まともな武家の暮らしに戻しておあげなされませ」

「はぁ……」

「いやいや、いまの世の中、江戸の巷《ちまた》には浪人者が溢れ返っており申す。市岡とて伝手《つて》を頼って仕官の道を探ってはおろうが、中々に容易《たやす》きことでは御座らん」

彦六が言った。

「そもそも大坂の陣において豊臣方に馳せ参じた浪人者の数は十万と言われておってな、その内大坂城落城の折に戦死した者が二万人、差引き八万人の浪人者が世に溢れたこととなる」

「まぁ……」

「さらにそののち取り潰しとなった大名家が二十数家。それにより禄を離れた万を超える浪人者の多くは江戸に出て参っておろう。再度の主取《しゅうど》りなぞとてもとても……」

「左様に難しきことに御座りましたか……」

かよは肩を落として俯《うつむ》いた。

「それゆえいまの世の浪人者は、仕官なぞはすっぱりと諦めて、この先いかにして糊口《ここう》を凌《しの》いでゆくかを考えねばならんでな」

と彦六がかよに笑顔を向ける。

「その点御家人というのは微禄なれども歴《れっき》とした天下の御直参。かよ殿もまだお若い。いっそのこと独り者の御家人とでも一緒になられてはいかがかな？　よく世間では、御家人は一代限りと思われておるがそんなことは御座らん。相続の願いが通らぬ例《ためし》はなきゆえ、ゆくゆくは竹蔵殿も天下の御直参という立場となる。……実を申さば斯《か》くいう拙者も、独り身で御座っ――」

そのとき表戸を叩く音がした。女の声で、

「御免下さりませッ。市岡誠一郎殿のお住居《すまい》はこちらで御座りましょうか？」

「おう、来たな……。ではかよ殿、また後日改めてお話し致そう」

名残惜しげに彦六が言った。

「申しわけ御座いませぬ。とんだ長居を致しまして……」

かよが誠一郎に頭を下げる。

「いや」

起ち上がった誠一郎が玄関に向かい戸を開くと、先日の阿部家の腰元が深く頭を下げた。

「阿部家御用人、大場《おおば》新左衛門《しんざえもん》殿がお越しで御座います」

見ると、少し後方に身なりのよい五十年輩の武士が中間を従えて立っていた。

「では、私《わたくし》はこれにて……」

かよが方々に頭を下げながら帰っていった。

「むさ苦しきところでお恥ずかしゅう御座るが、お上がり下されい」

誠一郎が声をかけると、入ってきた大場新左衛門が、すでに面識のある彦六と黙礼を交わして着座する。その後ろに、袱紗で覆った広蓋《ひろぶた》を掲げて入ってきた腰元が腰を下ろした。

誠一郎が新左衛門の正面に座ると、

「身共《みども》は、旗本阿部家の家宰《かさい》を務め申す大場新左衛門で御座る。此度《こたび》は市岡誠一郎殿に、我が殿阿部四郎五郎よりの御礼の品をお届けに参上仕《つかまつ》った」

「忝《かたじけの》う御座る」

頭を下げた誠一郎に、人の良さそうな笑顔を向けた新左衛門は、

「当家のご息女ゆき様の危難をお救い下されたること、殿のお喜びも一入《ひとしお》で御座っての」

畳に置いた広蓋を誠一郎に向けた腰元を掌で示し、

「この者によれば市岡殿は、刀も抜かず敵の白刃《はくじん》の前に身を晒《さら》し、ただひたすら諫《いさ》めんと言葉を尽くしておられたとか」

「某《それがし》には、あの桐山八郎兵衛なる御仁が悪人とは思えませせなんだゆえ……」

「然《さ》れど一度《ひとたび》ゆき様の危機と相《あい》なるや、瞬《また》く間に一刀のもとに斬り棄てたとのこと。実にお見事で御座る」

「斬らずに収めとう御座った。それをなし得ぬ己《おのれ》の不覚を恥じ入るばかりに御座る」

「いやいや、奥床しき御仁じゃな」

新左衛門が莞爾《かんじ》とした笑みを見せた。

「そのお人柄といい剣の腕前といい、身共《みども》もほとほと感服仕《つかまつ》って御座る」

「………」

「もしも斯《か》の折、ゆき様が命を惜しんで浪人者に頭を下げておられれば、直参旗本阿部家の恥辱と相《あい》なったところで御座ろう。然《さ》りとて、そこでゆき様が浪人者に斬られておったなれば阿部家の威信は地に堕ち申す」

「………」

「斯様《かよう》に、進むも退《ひ》くも相《あい》ならぬ、正に進退窮《きわ》まったるところを市岡殿がお救い下された。これは単にゆき様のお命のみならず、三河以来の直参阿部家の名誉をお救いいただいたので御座る」

「いや、然程《さほど》のことでは……」

「ところで市岡殿、御辺《ごへん》はかつて、いずれのご家中に？」

「美濃《みの》高須《たかす》藩、徳永昌重《とくながまさしげ》が家臣に御座った」

「ほう、徳永殿の……」

「愛宕下《あたごした》の藩邸を出《い》でてこの裏店《うらだな》に移り住み、早《はや》二年が過ぎ申した」

「実は、御辺《ごへん》の腕を見込んで、ぜひお頼み致したきことが御座っての」

「ん？」

「兼松又四郎様が腕の立つ剣客を求めておられてな、金に糸目はつけぬとの仰せで御座る」

「兼松？」

「兼松又四郎といやぁ、喧嘩屋って呼ばれてる物騒な殿様だぜ」

彦六が言った。誠一郎もその名は聞いたことがあった。江戸の名物男の一人だ。

「当家にも推挙を求められておられるのじゃが、下手な者をお薦め致しては当家の恥と相《あい》なる。そこで阿部家からはぜひとも市岡殿をご推挙仕《つかまつ》りたく……」

「なにゆえにお旗本が……？」

誠一郎は訊ねた。

「それがなんでも、旗本八万騎にとっての重要なる人物の、警護のためとか……」

新左衛門はそう言った。

第二章

旗本　兼松又四郎

一万両ノ首
鍵屋ノ辻
始末異聞

一

二千五百坪もの敷地に建つ兼松邸の広間に集められた浪人者は、三十四名を数えた。

志田源左衛門もその中の一人として座っていた。その場に居並ぶ浪人者は、いずれも腕に覚えのありそうな面構《つらがま》えの者ばかりで、歳は三十前から五十過ぎ、源左衛門と同じく四十前後の者が多くを占めているように思われる。

「これよりお一人ずつ別室にて、当家主人兼松又四郎が面談仕《つかまつ》る」

一同を前に座る兼松家の用人、戸塚五兵衛《とつかごへえ》と名乗った老人が言った。

「元芸州広島福島《げいしゅうひろしまふくしま》家御家中、田中友右衛門《たなかともえもん》殿」

用人は帳面を読み上げると、起ち上がった浪人髷《まげ》の男に、

「そちらより出《い》でて廊下をお進み下され」

と左側の開いている襖を掌で示す。

「その先には案内《あない》の者が控えており申す」

田中友右衛門と呼ばれた浪人者は、無言のまま部屋を出ていった。残った者は咳《しわぶ》き一つなく、ただ静かに己《おの》が名を呼ばれるのを待っている。暫《しば》しの時が過ぎ、

「元安房《あわ》勝山内藤《かつやまないとう》家御家中、杉野与四郎《すぎのよしろう》殿」

そう呼ばれた男が起ち上がり、残りの一同に軽く会釈をして出ていく。

「卒爾《そつじ》ながら……」

源左衛門の隣に座る男が抑えた声で話しかけてきた。

「某《それがし》、濃州浪人市岡誠一郎と申す者に御座る」

浪人者らしからぬ、身綺麗な風采《ふうさい》の男だった。源左衛門は頷きを返すに留めた。

「御貴殿は、此度《こたび》の一件についてなにか仔細《しさい》をご存じか？」

「いや」

知ってはいるが、それを明かすわけにはいかない。

「拙者も、ただ金になる仕事と聞いて参ったような次第での……」

と微かな笑みを浮かべて見せた。

「左様か……」

隣の男はそれ以上なにも言わなかった。

「元上野白井《こうずけしろい》本多《ほんだ》家御家中、山田善七郎《やまだぜんしちろう》殿」

ようやくその名前が呼ばれたときには、すでに半刻《はんとき》近くが経過していた。それまでに十数人が呼ばれ、戻ってきた者は一人もいない。

「ではお先に」

市岡誠一郎と名乗った隣の男に声をかけ起ち上がると、源左衛門は開いた襖から廊下に出た。廊下は暗いが、前方に若党《わかとう》が一人跪座《きざ》しているのが見える。

「こちらへお通りを」

若党の掌に従って廊下を折れると、左手が中庭に面した板廊下の先にも若党が控えていた。

「お入り下され」

源左衛門が近づくと、若党が目の前の襖を開く。

御次之間《おつぎのま》と思しき、このような奥まった小部屋で殿様が待っているはずがない。おそらくは、備前池田家の江戸屋敷に出入りの商人の手代《てだい》どもが居並び、集められた浪人者の中に池田家家中の者が紛れていないかを判別するのであろう。源左衛門はそう思った。

源左衛門の顔は、国許《くにもと》を出立して以来伸ばし続けている髭で下半分が覆われている。よほどの近しき者でもなければ気づかれることはあるまい。さらに源左衛門が最後の江戸詰《づめ》を終えてからすでに数年が経過している。源左衛門は構わず部屋に足を踏み入れた。

八畳間の正面に、羽織袴姿の若侍が端座しているのが見えた。

源左衛門が、江戸家老荒尾但馬に呼ばれたのは一昨日のことだった。

「源左、其方《そち》に死んでもらうことと相《あい》なった」

隅田川に浮かぶ小舟の上で但馬は言った。辺りには宵闇が迫っている。

「素《もと》より、望むところで御座る」

源左衛門は不敵な笑みを浮かべた。

河合又五郎が旗本兼松又四郎の屋敷に匿《かくま》われていることがわかり、討手を命じられて備前岡山から江戸に向かった時点で志田源左衛門の病死の届けが出され、家督は十八になる嫡男《ちゃくなん》源一郎が継ぐことが決まっていた。

あとは又五郎の首を奪《と》り、腹を切るだけのこと。源左衛門はそう肚《はら》を決めていた。

「兼松奴《め》が河合又五郎警護のために、剣の遣い手を集めることと相《あい》なっての……」

但馬が言った。

池田家側の密偵により、兼松邸の中間、下僕《げぼく》、婢女《はしため》などの中に買収された者がいるのだろう。

「其方《そち》には、上州浪人山田善七郎として兼松の屋敷に乗り込んでもらう」

「ほう」

あまりの大胆な企みに、源左衛門の笑みが消えた。

「それはたしかに、生きては帰れませんな……」

「警護役として雇われれば、又五郎奴《め》を斬るのは造作もあるまい？」

「首尾よく雇われますれば……」

「まずは、本物の山田善七郎を斬ってもらわねばならん」

但馬は事も無げに言った。

「なるほど……」

源左衛門の胸に迷いが生まれた。

河合又五郎は、殿の近習を斬り逃走した下手人である。備前池田家にとっての許されざる敵《かたき》であった。それを斬ることには微塵も躊躇《ためら》いはない。しかしその、山田善七郎なる人物にはなんの罪もなかった。

罪なき者を手にかけねばならぬのか……。だがそれは、拒否できるものでもなかった。

「戦《いくさ》はすでに始まっておる」

源左衛門の胸の内を読んだかのように但馬が言った。

「戦場において、敵の兵の一人一人《びとり》になんの罪咎《つみとが》があろうや。然《しか》れども、それらを討ち倒さねば闘いには勝てぬ」

「御意に仕《つかまつ》る」

源左衛門は得心し、深く頭《こうべ》を垂れた。

「それは重畳《ちょうじょう》。さて、その山田善七郎と申す者、旗本立花《たちばな》家より推挙を受けておる剣客ゆえ、かなりの達者と見ねばならんが……」

と但馬が源左衛門の眼を覗く。

「お任せ下され」

源左衛門の口元に微かな笑みが戻っていた。

そして昨日、山田善七郎なる剣客を斬るために、牛込神楽坂《うしごめかぐらざか》の浪宅に向かった。

「山田善七郎殿はご在宅で御座ろうか？」

表戸を開けた十歳《とお》にはならぬであろう少年に訊ねた。

「父上は所用により他出致しておりますが、どちら様に御座りましょう？」

とても悧発《りはつ》そうな顔立ちの、立派な侍の子だった。

「拙者は旗本立花治三郎《じさぶろう》殿の使いの者に御座る。お戻りはいつごろになられようか？」

「ほどなく戻ろうかと思われます。中でお待ち下されませ」

少年が戸を大きく開いた。

困った。源左衛門は思った。この子の目の前で、父親を斬るわけには参らぬ。

「いや、では出直して参ろう」

そう言った源左衛門の左の袖を小さな手が摑む。

「ご遠慮は無用に御座います。どうぞ、お入りを……」

と、愛嬌のある笑顔を向けてくる少年の手を振りほどきもならず、已《や》むなく源左衛門は戸口を潜《くぐ》った。この少年は客が訪ねてくるのが嬉しいのだろうか？　独りで留守番をしているのが寂しかったのだろうか？　そんなことを考えた。

源左衛門が腰の刀を外して上がり框《かまち》に腰を下ろすと、

「どうぞお上がり下さりませ」

少年が言った。

「すぐに湯を沸かしますゆえ、暫時《ざんじ》お待ちを……」

鉄瓶を手に水甕《みずがめ》に向かう。

「いや、どうかお構いなきよう……」

源左衛門らしくもなく狼狽《うろた》えた声が出た。困った。本当に困った。そう思った。

「御身《おみ》はおいくつになられたな？」

水を汲んだ鉄瓶を火桶に置いた少年に訊ねる。

「九歳《ここのつ》に御座います」

「名はなんと申される？」

「一朗太《いちろうた》と申します」

「左様か。……して、母御もお出かけかの？」

「母上は、一昨年身罷《みまか》りまして御座います」

「…………」

「私《わたくし》に、弟か妹ができるはずで御座いましたが……」

こちらに背を向けた一朗太は、慣れた手つきで火桶の炭に榾《ほだ》を焚《く》べている。

斬れぬ。この子の父親を斬ることはできぬ。源左衛門は全身から力が抜けていくのを感じた。

そのとき表に、微かに足音が聞こえた。

「父上で御座いますッ」

顔を上げた一朗太は源左衛門のほうを向いて言うと、戸を開けて外へ飛び出していった。

「こちらに……」

戻ってきた一朗太が掌で源左衛門を示す。その後ろを入ってきた山田善七郎が、

「お待たせを致した」

と頭を下げる。源左衛門は慌てて起ち上がり、

「志田源左衛門と申す者に御座る」

そう言って辞儀を返した。

四十前後と思しき善七郎は、細身ながら精悍な印象の男だった。かなりの遣い手であることはひと目でわかる。髭も月代も丁寧《きれい》に整え、身綺麗な服装《いでたち》をしていた。

「一朗太、近所で湯をもらって参れ」

善七郎が言った。

「湯は沸かして御座います」

一朗太は得意げに応えた。

「ならば、三喜《みき》屋まで行って茶菓子を買うて参れ」

袂《たもと》から出した小粒を一枚一朗太に渡し、

「お前の好きな物を、好きなだけ買うてよいぞ」

と笑顔を向ける。

「え？」

一朗太の顔が輝く。

「わしは客人と話がある。急がぬでもよい」

「畏《かしこ》まりました」

そう応えた一朗太は、源左衛門に笑顔で一礼して玄関を出ていった。

「さて……」

善七郎が源左衛門に向き直り、

「貴公がどこの何者かは存ぜぬが、どうせ碌《ろく》な話では御座るまい？」

射抜くような眼を向けてくる。

「某《それがし》、一命を賭《と》してのお願いの儀あって参上仕《つかまつ》った」

源左衛門は懐から出した紫縮緬《ちりめん》の袱紗包みを上がり框《かまち》に置いた。

「ここに百両持参致した」

その金は、山田善七郎を斬ったのち家族の者が暮らしに困らぬように、と荒尾但馬が用意したものだった。

「この金子《きんす》で、あすの兼松邸への伺候《しこう》を某《それがし》にお譲り下されまいか？」

「ほう、これは異なことを申される」

善七郎が言った。

「直参旗本立花家よりの推挙状を、百両で売れ、と……？」

「御承諾いただけぬとあらば、お命を頂戴せねばならぬ。何卒《なにとぞ》……」

源左衛門は懇願する思いで言った。

「いまは浪々の身と申せども大坂の冬夏の陣においては敵の首級七つを挙げ、五百石の禄を頂戴しておったこの山田善七郎、金が欲しさに、あるいは命が惜しさに旗本立花治三郎殿との信義を裏切りは致さん」

善七郎は源左衛門の眼を見据えて言った。

「なれど、どうか一朗太殿のことをお考えあれッ」

源左衛門は必死に訴えた。

「一朗太が不憫《ふびん》であるがゆえ、お手前に従えと申されるか？」

善七郎が怒気を孕《はら》んだ笑みを見せた。

「某《それがし》、負けるとは露《つゆ》ほども思うておらんでな……」

「………」

致し方ない。源左衛門は決意の臍《ほぞ》を固めた。

「この裏に竹林《ちくりん》が御座る。それへ参ろうか」

善七郎が言った。源左衛門は袱紗包みに目を遣り、

「では、いずれが勝ちを得ようとも、この金子《きんす》は一朗太殿に……」

そう言った。善七郎は無言で頷くと、先に立って歩き出した。

勝負は一瞬にして決した。

善七郎は首を、源左衛門は脇腹を斬られた。

善七郎の傷は深く、源左衛門の傷は浅かった。

倒れたまま動かない善七郎を見下ろし、刀の血を懐紙で拭って鞘《さや》に収めると、
某《それがし》とて近日中に命を落とす身。死してのち、改めてお詫びに参上仕《つかまつ》る。

そう声に出さずに言って、源左衛門は竹林をあとにした。

「某《それがし》、河合又五郎に御座る」

通された部屋の正面に座る若侍が言った。

「………………」

源左衛門は又五郎の顔を知らない。だが、この若者が河合又五郎に違いない、そう確信した。

そして同時に、藩の重役から聞かされた、

「殿ご愛寵《あいちょう》の稚小姓に恋慕《れんぼ》を致し、想い余って殺害に及んだばかりか自裁もなさず逃亡致した卑怯未練なる奴輩《やつばら》」

との話が嘘であることを知った。

この若者の眼には、大坂の陣の戦場で見た敵の、己《おの》が命を擲《なげう》って闘う者の気魄《きはく》と同様のものが漲《みなぎ》っている。

いまだッ！　いま斬らねばならぬッ。これを逃せば二度とこのような好機は訪れまい。たとえいかなる罠が潜《ひそ》んでいようとも、命を棄ててかかれば目の前の首一つ奪《と》れぬはずがない。

源左衛門は脇差の鞘首《さやくび》を摑んで駆けた。同時に又五郎の右手が脇差の柄《つか》に伸びる。

その瞬間、左右の襖が激しく開き、右から突き出された直槍《すぐやり》が源左衛門を襲った。危うく腰を捻って槍の穂先三尺ほどを斬り飛ばしたとき、激烈な痛みが源左衛門を貫く。

左側から突き出された槍に、源左衛門の背腹《はいふく》は突き通されていた。

「これが安藤治右衛門の初陣《ういじん》じゃあッ！」

背後からの昂奮した声が聞こえた。なんとかそちらを向こうと体を捻るが、腹を貫通した槍はビクともしなかった。

慌てて又五郎に目を向ける。目の前の脇差が振り下ろされるのが見えた。

二

「元濃州高須徳永家御家中、市岡誠一郎殿」

そう呼ばれたのは、隣に座っていた山田善七郎なる男の次だった。それまでより名を呼ばれる間隔が長く空いていたように感じる。なにかあったのか？　ふと誠一郎はそう思った。

誠一郎が隣の男に声をかけたのは、その男にただならぬ覚悟を見たからだった。誠一郎よりも二つ三つ歳が上に見えるその男は、濃い髭に覆われた顔に穏やかな表情を浮かべ静かに瞑目《めいもく》していた。にも拘わらず、その全身から立ち昇る陽炎《かげろう》のような気を誠一郎は見た。そして、微かな血の匂いと、血止めの膏薬の匂いを嗅いでいた。

この男はなにか仔細を知っているに違いない。そう思って声をかけてみた。だが、男は笑みを浮かべて惚《とぼ》けて見せた。ならば関わるまい。誠一郎はそう決めた。

そもそも誠一郎がこの場にやってきたのは、旗本の兼松家に傭われるためではなかった。旗本阿部家の顔を立てるためであり、嫁のふみに対しての体面を繕《つくろ》うためだった。だが、やってきてみてわかったのは、これは単なる警護の仕事ではない、ということだけだった。

起ち上がって廊下に出て若党の指示に従って進み、また別の若党に促《うなが》されて奥の小部屋の襖を通ると、途端に濃密な血の匂いを嗅いだ。

急ぎ畳と襖は取り替えたのであろうが、正面に端座する若侍の襦袢《じゅばん》の襟に、わずかに血の滲《し》みが見て取れた。

「某《それがし》、河合又五郎に御座る」

若侍が言った。その眼からは鎮まりきってはいない昂《たかぶ》りが窺《うかが》える。

「市岡誠一郎で御座る」

畳に座って誠一郎は応えた。河合又五郎と名乗った若者は無言で誠一郎を見つめている。

「山田善七郎殿は、いかがなされた？」

誠一郎の問いにも若者は応えなかった。するとスッ、と右の襖が開いた。

襖を開けた若党の脇には九尺柄《え》の直槍《すぐやり》を掲げ持つ中間が控え、その後ろから大柄な武士が姿を見せる。黒紋付に博多《はかた》の帯、段小倉《だんこくら》の袴という服装《いでたち》をしていた。

「俺が兼松又四郎正成《まさしげ》じゃ。ついて参れ」

そう誠一郎に声を擲《な》げると、背を向けて歩き出す。誠一郎はそのあとを追った。

隣の、襖が外されて二間続きとなっている座敷には、すでに呼ばれた十数名の浪人者が控えていた。だがその中に山田善七郎はいなかった。浪人者たちの誰もが、又四郎に続く誠一郎を目で追っている。

開け放たれたいくつかの襖を抜け、廊下を先ほどの広間とは逆に折れて、表の広い庭に面した書院に通された。床の間の前に置かれた盥《たらい》に、剝き出しの小判が山と積み上げられているのに目を奪われる。千両どころではないな、そう思った。

「四郎五郎正之《まさゆき》の娘の命を救ったそうじゃの？」

又四郎は床の間を背に胡座《あぐら》に座り、脇息に肘をついた。

「………」

誠一郎は、又四郎の前に威儀を正して座ると、頭を下げた。

「阿部家からは、恐るべき遣い手、と聞いておる」

又四郎の言葉に、誠一郎は俯《うつむ》いたまま応えた。

「然程《さほど》のものでは御座りませぬが……」

「いや、其方《そのほう》を見ればわかる」

又四郎は無骨な笑みを浮かべて言った。

「此度《こたび》集めた浪人者は全て傭う。其方《そのほう》、その者どもの取り纏《まと》めをせい」

「なにゆえ某《それがし》に？」

誠一郎は訊ねた。

「俺が求めておるのは稽古場での木剣の腕ではない。斬るべきときに確実に敵を仕留められる腕と胆力《たんりょく》を兼ね備えた者での」

「………」

「見たところ、其方《そのほう》以上に頼りになりそうな者が見当たらんでな……」

「山田善七郎と申される御仁ならば、某《それがし》よりも上かと……」

「あれは山田善七郎ではない」

又四郎は、ふっ、と鼻を鳴らして、

「当屋敷に潜《もぐ》り込みよった鼠じゃ。よって駆除致した」

「………」

「かなり腕の立つ鼠でな、俺が繰り出す槍の千段巻《せんだんまき》を斬り飛ばしおったは適《あっぱ》れじゃったが……」

そう言って又四郎は苦笑いを浮かべた。

「今後はその駆除の役目を、其方《そのほう》に申しつける」

「然《さ》れど、某《それがし》はまだなんの事情《ことわけ》も伺ってはおり申さぬゆえ……」

「なぁに、俺は外様の備前池田と喧嘩をしておってな、其方《そのほう》も先ほど顔を合わせた河合又五郎と申す者、あれが池田宮内少輔に命を狙われておる。ゆえに義によって俺が又五郎を護っておるというわけじゃ」

「………」

外様大名と旗本とは仲が悪く、なにかにつけ揉めているというのは誠一郎も知っている。

あの山田善七郎を名乗っていた男は、その意地の張り合いの犠牲者か、そう思った。

「敵は斯《か》の豊臣七将の一人、池田輝政《てるまさ》の倅じゃ。そう簡単に退《ひ》きはすまい」

又四郎は上機嫌だった。鼠を駆除したことに喜びを感じているのだろうか。

「こちらから攻めはせぬが、宮内少輔は続々と刺客を放って来よう。それらの者の首を悉《ことごと》く、鍛冶橋《かじばし》の池田屋敷の門前に転がしてくれるわ」

「…………」

「俺は備前池田が御公儀の怒りを買って、取り潰しになるまでやってやるつもりじゃ」

この男は殺し合いを楽しんでいる。いや、闘いのただ中に身を置くことを楽しんでいるのか。そのいずれであるにせよ、誠一郎はこの男のために働く気にはなれなかった。

「褒美《ほうび》は存分に取らす。見ての通り、金は有り余っておるのでな……」

又四郎は盥の小判に顎を振った。

「とりあえず大身の旗本百家に、軍資金を出せ、と声をかけた。禄高千石につき十両出せとな。十両なぞ我らにとっては鼻紙代のようなものじゃ。だがそれだけで、すでに三千両ほどの金子《きんす》が集まっておる」

「…………」

「旗本の家は五千を超える。必要とあらば、まだまだいくらでも金は集まる。金があって其方《そのほう》ら腕の立つ剣客が揃っておれば、宮内少輔なぞ恐るるに足らぬわ」

又四郎は余裕の笑みを浮かべた。

「他の者どもには支度金として十両、向こうひと月の手当に三十両遣わすが、其方《そのほう》には支度金に百両、ひと月の手当に百両でどうじゃ？」

「………」

「さらに、人一人斬るごとに、百両の褒美を遣わす」

「畏《おそ》れながら……」

「ん？」

「某《それがし》には、些《いささ》か荷が勝ち過ぎており申す」

「なに？」

又四郎の眉間に皺が立った。

「其方《そのほう》、断ると申すか？」

「御意に仕《つかまつ》る」

「なにゆえじゃ？」

「悪しからず思し召し下さるよう……」

「俺の下では働けぬと申すのならば無理強《じ》いはせぬが……、こちらに与《くみ》せぬとあらば、いつ何刻《なんどき》敵方につかんとも限らぬ」

「………」

誠一郎は無言で又四郎の眼を見つめた。

「さて、生かして帰してよいものか……」

又四郎は凄味のある笑みで言った。

「某《それがし》一人がなにをどう致そうと、兼松殿がお気に病むことでも御座りますまい」

笑顔で言った誠一郎は、畳に両手をついて深く頭を下げた。

「よかろう。……失せろ」

又四郎はそう吐き棄てた。


「おかえりなさいませ」

長屋に戻った誠一郎をふみが出迎えた。

「お旗本のお仕事とは、いかなるものに御座いましたか？」

「うむ」

ふみの問いに対する応えは、兼松邸からの帰り道に充分に考えてきていた。腰の大小を外して刀架に置いた誠一郎は、

「都《みやこ》より参られる、さる貴き筋のお方が兼松家にしばらく逗留《とうりゅう》されることと相《あい》なってな、別になんの危険が迫っておるというわけでもないが、その賓客《ひんきゃく》のためにわざわざ警護の者を傭うということが、お饗《もてな》しになるというお考えらしゅうてな……」

「まぁ」

「客人が出かけられる折に同行致すくらいしか仕事もないのじゃが、常に身綺麗にしておくようにとの仰せでな、支度金を頂戴した」

懐から紙包みを取り出してふみに手渡す。阿部家からの礼金で手に入れた、三十七両と二分のうちの三十両を包み直しておいたものだ。

「まぁ、こんなに？」

「これも旗本の見栄というものであろうな……」

誠一郎は苦笑を浮かべて見せた。

「ありがたいことで御座います」

ふみは紙包みに頭を下げ、神棚に上げた。

ふみは誠一郎と出会うずっと前、十七のときに二つ年下の弟賢之輔《けんのすけ》を亡くしている。朋輩との些細な口論から斬られて死んだのだ。

それゆえふみは、人を斬る人間を嫌う。その善悪、理非を問わず、刀で意志を押し通す人間を憎み、蔑《さげす》む。それを知っている誠一郎は、己《おのれ》のそういう部分を嫁には隠して生きてきた。

主家が改易となり浪々の身となってのち、日々の糧《かて》を得るためにときに用心棒のような仕事をしていることや、此度《こたび》の人助けとはいえ人を斬って死なせたことが、ふみに知られてしまうのを恐れてさえいた。

それを知ったからといって、ふみが誠一郎を咎《とが》め立てするようなことはあるまい。だが、ふみの心は傷つく。そしてその傷の痛みに耐え続けて生きてゆくこととなる。誠一郎は、ふみにそのような思いをさせたくはなかった。

剣の腕に頼らぬ生き方を見つけねばならぬ。誠一郎はずっとそう考えてきた。

だが、どうすればそれが叶うのかは、未《いま》だに見つかってはいなかった。

「そういえば……」

ふみが沈んだ顔を誠一郎に向けた。

「かよ殿のところに、芝の御隠居様のお遣いの方から、竹蔵はなにゆえ参らぬのか、とのお問い合わせがあったそうで御座います」

「………」

もはや竹蔵の身になにかが起きたことに疑いはなかった。そのとき、

「おいッ！　誰かおらぬかァッ⁉」

長屋の路地に大声が響いた。

「仲村竹蔵なる者の亡骸《なきがら》を、受け取りに参れッ！」

はっきりと、そう聞こえた。ふみの膝が崩れ、そのまま畳に尻をつく。

「見て参る」

刀架の大小を摑むと誠一郎は家を飛び出した。周囲の家々からも続々と長屋の住人たちが表に出てきている。

井戸の脇の少し広くなっているところに六、七人の男が立っているのが見えた。腰に刀と脇差を挿しながらそちらに向かう。

若党らしき紺の単衣《ひとえ》に紺袴の若侍が四人、中間の装束の者が二人、そして一人だけ、いかにも旗本の子弟といった様子の武士がいた。

白地の麻に紺の大きな車輪を染め抜いた派手な薄物に小倉の縞袴、腰には白柄《しらつか》の大小を落とし差しにした、二十歳《はたち》くらいに見える酷薄な顔つきの偉丈夫《いじょうふ》だった。

近づいてくる誠一郎を見てその男は、

「どなたか、仲村竹蔵殿の身寄りの方はおられるか？」

薄笑いを浮かべてそう言った。

三

安藤源次郎《げんじろう》が声をかけた浪人者は足を止めると返事もせずに、地面に置かれた戸板の上の筵《むしろ》を被せた死体を見つめていた。

ははァ、これが中間の源七が言うておった市岡何某《なにがし》という奴か、源次郎はそう思った。

「我らはさる旗本家の者で御座る。竹蔵殿の亡骸《なきがら》をお届けに参上仕《つかまつ》った」

源次郎の言葉に、浪人者の背後から一人の女が前に出てきて、

「は、母に御座います……」

震える声でそう言った。

「竹蔵殿は腹を召され申した」

源次郎は拳《こぶし》を腹に当て、ぐい、と横に引いて見せた。

「！」

母親は目を見開いて息を呑み、ぐらり、と体が傾《かし》いだ。そのまま卒倒しそうに見える。それを別の武家の妻女と思しき女が後ろから支えた。

「誠に、ご愁傷に存ずる」

一応そう母親に声を擲《な》げる。浪人者は戸板の脇に片膝をつき、筵《むしろ》を捲《めく》って死体を検《あらた》めていた。

「なにが御座った？」

浪人者が源次郎に訊ねる。

「ふむ」

源次郎が話し出そうとすると、

「其方《そのほう》は……」

浪人者が源次郎の背後を見て言った。

「たしか、盗人《ぬすっと》を探っておるとか申して訊ねて参った者であろう？」

源七は素知らぬ顔で若党どもの陰に隠れた。

「竹蔵殿は、盗みなど致しませぬ！」

母親が怒りの声を上げげた。

「其許《そこもと》らは、いずれの御家中で御座るか？」

浪人者が起ち上がり、源次郎と向かい合う。

「それは、互いのために伏せておいたがよかろう」

源次郎は言った。

「なにゆえじゃ？」

「それが些《ち》と、難儀《なんぎ》な話でな……」

思わず口元に笑みが浮かんだ。

源次郎正頼《まさより》は、母方の伯父である榊原采女《さかきばらうねめ》のために動いていた。父の治右衛門正次《まさつぐ》が大坂夏の陣で深傷《ふかで》を負い自刃したため、五歳上の兄の正珍《まさよし》が家督を継いで治右衛門となった。それ以来ずっと兄の家の居候《いそうろう》という身分に甘んじていて、暇を持て余している。ことを知っている伯父が内密の頼み事をしてきたのだった。

源次郎のような部屋住みの、旗本の次男坊三男坊という者は、どこぞの大名に仕官して独立を果たすか、跡取りのいない旗本の家の養子に入りでもしない限り、妻を娶《めと》ることすらも許されず生涯無職の居候という立場を余儀なくされていた。それは、兄が不慮の死を遂げた場合の予備としての存在だからである。

そんな運命《さだめ》に生まれついた鬱憤《うっぷん》は日ごとに膨《ふく》れ上がり、絶えずその捌《は》け口を求めていた。

その日の朝に源次郎が納屋に入ると、隅の板壁の破れ目から一条の光が差し込んでいる辺りにまだ子供のような顔立ちの侍姿の少年が座っていた。その周りを四人の若党が囲んでいる。

「もう何日も閉じ込められており申すが、いったい何事で御座ろうかな？」

怯えを見せず、泰然とした様子で少年は言った。

「仲村竹蔵と申すは其方《そのほう》か？」

源次郎は言った。

「いかにも」

「小僧のくせしおって、大層な真似をしてくれたものよの」

「なんのことやら、さっぱりで御座るな」

「其方《そのほう》、日本橋横山町《よこやまちょう》に住居《すまい》する、あや、という十三、四の娘を知っておろう？」

「！」

竹蔵の顔色が変わった。

「その、あや、という娘の家に足繁く通っておったそうじゃの？」

「…………」

「あや殿は、さるお旗本の愛しきお方でな、随分と金もかかっておる女子《おなご》よ」

「…………」

「まあ男と女のことじゃゆえ、どちらが悪い、ということもあるまいが、それが我らの耳にまで届いたは、些《ち》と拙《まず》かったのう」

「…………」

「あや殿はゆうべ、首を括《くく》って自害なされた」

「！」

竹蔵の眼が真ん丸く見開かれた。

「其方《そのほう》に宛てた文《ふみ》が残されておったわ」

源次郎が放った手紙を拾って読み出した竹蔵の顔が歪み、すぐに両の眼から涙が溢れた。

あやというのは、吉原《よしわら》の馴染《なじ》みの妓楼《ぎろう》で禿《かむろ》をしておった子供のあまりの美しさを見初《みそ》めた伯父の采女が、客を取る歳になる前に身請《みうけ》をして、飯炊《めした》きの婆さんを一人つけて一軒家で囲っていた娘だという。

「あや殿に死なれてしもうた上は、我らとしても其方《そのほう》を捨て置くわけにも参らんでな……」

「某《それがし》の差料《さしりょう》をお返しいただこう」

竹蔵が言った。源次郎にはその意図がわからなかった。

「ほう、なにゆえじゃな？」

「武士の始末のつけ様《よう》は、ただ一つに御座ろう」


「……といったような次第でな、我らとて相手は歳若き小童《こわっぱ》ゆえ、泣いて詫びられればそれ以上なにができたとも思えぬが……」

源次郎はそのときを思い出して、微かな笑いを漏らした。

「それで？」

浪人者が険しい眼を向けてくる。

「いかに長屋暮らしの浪人者の子であろうとも、武士じゃと示しとう御座ったのか、腹を切る、と言い張って聞かぬでな……」

源次郎は母親に向けて言った。

「そ、そんな……」

母親が声を詰まらせる。

「それゆえ腹を切らせたと申されるか？」

浪人者が言った。

「脇差の鋒《きつさき》を力任せに腹に突き立てたまではよかったが、深く刺し過ぎたので御座ろうなァ、横に引き廻そうにもウンともスンとも参らんでな……」

「………」

「しばらくはジタバタしておったが余程苦しかったと見えて、とうとう舌を噛み切りよった」

「なぜ介錯《かいしゃく》を致さぬッ!?」

浪人者が怒りの声を上げげた。

「武士が切腹致さば、介錯するが当然であろうッ！」

「おう、その手が御座ったか……」

白々しい言葉を出した源次郎は、四人の若党と笑顔で顔を見合わせる。

「あまりにも面白き見世物であったがゆえ、我ら失念《しつねん》致しておったわ」

「………」

浪人者の眉間に縦に皺が立った。

「其許《そこもと》らのなされ様《よう》は、とても武士とは思えぬ、あまりに酷《むご》き仕打ちでは御座らぬか？」

「なにィ⁉」

四人の若党が気色《けしき》ばむ。

「そもそもは、十四、五歳の男女が、互いに惹《ひ》かれ合うたというだけのことで御座ろう？」

浪人者に臆するところはなかった。かなり腕に覚えがありそうに見える。

「で？」

源次郎は浪人者を見据えて言った。

「武士なれば、いま少し温情《なさけ》あるなされ様《よう》もあったのでは御座るまいかな？」

「浪人ずれが利《き》いたふうな口をッ！」

「我らに説教を致すかッ⁉」

若党たちが声を上げる。

「主人《あるじ》の隠し妾《めかけ》をむざと死なせてしもうた己《おの》が不手際《ふてぎわ》を糊塗《こと》せんがため、竹蔵に無理腹《むりばら》切らせたのではあるまいな？」

浪人者は若党たちの各々《おのおの》の顔を睨《ね》めつけていった。

「なんじゃとォ⁉」

若党四人が刀の柄《つか》に手をかけた。

「これ以上の放言は許さんぞッ！」

「抜けいッ！」

浪人者は両手をだらりと下げたまま、無造作にひと足前に踏み出す。

「待て」

源次郎は片手を挙げて、若党たちを制した。

「しかし……」

そう声を漏らす若党に、

「斯様《かよう》な薄汚き裏店《うらだな》で刀を抜いて、さらなる死人《しびと》を出すは我らの務めにあらず。控えておれッ」

その言葉に若党たちは、刀の柄《つか》から手を離して後ろに下がる。源次郎は浪人者に眼を向け、

「お手前が、いかなる御仁であるかは存ぜぬが、些《いささ》か心得違いを致しておられる」

「……」

「女子《おなご》ではあっても金《かね》で買《こ》うたもの、言わば持ち物で御座る。それに無断で手を出したるは盗人《ぬすっと》も同然」

「……」

「問答無用に斬り棄てられても致し方なきところを、当人の望み通り腹を切らせてやり申した。充分に温情《なさけ》あるなし様《よう》では御座らぬかな？」

「介錯致しておればな」

「切腹の作法も知らぬ小童《こわっぱ》が、腹を切るなどと申すは笑止千万《しょうしせんばん》。介錯が無きとて咎《とが》め立て致すは御門《おかど》違いと言うもので御座ろう」

「……」

源次郎は、袂《たもと》から小判を一枚取り出して筵《むしろ》の上に放った。母親に、

「これは某《それがし》からの香典で御座る。葬《とむら》いの足しにでも致されよ」

そう言って足元の筵《むしろ》を見下ろし、

「武士の真似事を致すのも、容易《たやす》うはないのう……」

笑い声が零《こぼ》れた。踵《きびす》を返して歩き出す。

背中に、咽《むせ》び泣く母親の呻《すだ》く声が聞こえた。

四

鍛冶橋御門内にある、備前岡山藩池田家の上屋敷の門前に転がっていた生首には、髷《まげ》の髻《もとどり》に紙撚《こよ》りで結びつけられた木の札に〈宮内少輔家来　馬鹿骨兵衛《うましかほねべえ》〉と記されていた。

それが志田源左衛門の首であることが判明した直後から、池田家の家中は騒然となった。藩の重役たちは家臣に冷静を保つよう呼びかけたが、源左衛門と懇意《こんい》にしていた四名の江戸詰の藩士が藩の許しを得ずに直ちに兼松邸を襲撃した。

翌朝、池田家上屋敷の門前には、さらに四つの首が転がった。

事態を重く見た江戸家老荒尾但馬は、藩士に自儘《じまま》な行動の厳禁を指示し、国許《くにもと》に早馬《はや》を送って国家老荒尾志摩の出府を懇請《こんせい》した。

だが荒尾志摩は自らは動かず、代わりに家老職の乾甲斐に策を授《さず》けて派遣した。

厳重な警護の元、河合又五郎の父半左衛門を伴って東海道を下り、江戸に到着した甲斐は直ちに但馬と協議を重ねた。

その上で但馬は、池田家の御出入り衆の旗本阿部四郎五郎と久世《くぜ》三《さんし》四郎《ろう》の両名を鍛冶橋御門内の上屋敷に招聘《しょうへい》した。

御出入り衆というのは、地方の大名家が江戸での諸事を円滑に進めるため、常日頃から懇意料という名目で手当を給され、相談役を担《にな》っている旗本のことである。

「今般の一件、経緯《いきさつ》はご存知で御座ろうか？」

但馬は訊ねた。

「概略《あらまし》は聞き及んでおるが……」

阿部四郎五郎が言った。四十代半ばの、落ち着いた風格のある男だった。

「これは些《ち》と、宮内少輔殿にとって分の悪い話で御座ろう」

「しかも、相手が又四郎というのが拙《まず》かったのう」

久世三四郎が言った。三十代半ばの飄々《ひょうひょう》とした男だ。

「罪ある者を匿《かくも》うたは池田も兼松も同じこと、又四郎だけを咎《とが》め立て致すは筋が通らぬ」

「当方には、すでにかなりの数の死者が出ており申す」

但馬は言った。

「兼松の屋敷を襲った者が死んだからとて、又四郎を怨むには適《あた》わぬ」

四郎五郎が言った。

「屋敷に侵入した賊を斬り棄てたは罪ではない。それよりも、襲った側の罪こそ問われることと相《あい》なろう」

「然《さ》れど、我らはもはや引き返せぬところに至っており申す」

但馬は言った。

「武士なれば、おわかりいただけることと存じまするが……」

「たしかに」

三四郎が言った。

「我らが止めて、止まるものでも御座るまいな」

「ならばなんと致される？」

四郎五郎は訝《いぶか》しげな顔を見せた。

「池田が力攻めに押せば、我ら旗本八万騎が起つこととなる。御身《おみ》はそれが望みか？」

「本来ならば、その河合又五郎なる者は上州高崎の安藤家に引き渡すべきもの……」

三四郎は笑みを含んで言った。

「だがそうなれば、譜代と外様の大名同士の争いとなる。それこそ天下の一大事。そうなるのを避けんがため、又四郎が一人で引き受けたと聞き及んでおるが……」

「天下を騒がす戦《いくさ》を避けんとする思いは、我らとて阿部様や久世様と同様」

但馬は言った。

「然《しか》らばご両所に、お願いの儀が御座っての……」

「承《うけたまわ》ろう」

四郎五郎が言った。

「河合又五郎と、河合半左衛門との交換」

「！」

但馬の言葉に四郎五郎と三四郎が息を呑む。

「……これで話を纏《まと》めては下さるまいか」

「なるほどッ」

三四郎が笑い声を漏らした。

「それならば備《び》州《しゅう》殿の顔も立ち、高崎の右京進殿の顔も立つ」

「いかがで御座ろう？」

但馬は、浮かぬ顔の四郎五郎に問うた。

「うむ、悪くはない」

四郎五郎は三四郎ほど安易に捉えてはいなかった。

「だが、話をする相手が兼松又四郎では上手くいかん」

「うむ」

三四郎も表情を曇らせる。

「然《さ》程《ほど》に兼松様は難物で御座るか？」

但馬は落胆の息を吐いた。

「又四郎は喧嘩が大好きな男での、彼奴《あやつ》から喧嘩を取り上げんとする策に、そう易々《やすやす》応じるとは思えんな……」

「………」

「よし、治右衛門じゃ。安藤治右衛門に話をしてみよう」

「おお、それじゃ」

三四郎が顔を輝かせた。

「治右衛門ならば親族の右京進殿のために、なんとしてでも又四郎を説き伏せるはずじゃ」

「ではご両所にお任せを致す。どうかよしなにお取り計らいのほどを……」

但馬は両手を畳について深く頭《こうべ》を垂れた。


備前池田家の上屋敷に安藤治右衛門からの書状が届いたのは数日後のことだった。但馬からの提案に応じる旨が記されていた。

早速但馬は、神田猿楽町《さるがくちょう》の安藤邸に使者を送った。

「某《それがし》、備前岡山藩主池田宮内少輔忠雄が家来、寺西八太夫に御座ります」

八太夫は書院の畳に平伏して言った。

「ほう、其方《そのほう》が八太夫か……」

安藤治右衛門は上機嫌に見えた。

「又四郎から聞いておるぞ。其方《そのほう》、彼奴《あやつ》に喧嘩を売ったそうじゃの？」

「いえ……」

喧嘩を売ったのだか買ったのだかわからぬ八太夫は、そう応えるに留めた。

「まあよい、じゃが又四郎が相手では喧嘩は大きくなるばかりで、一向に収まりはせん。よって俺が収めて遣わす」

「……」

「で、半左奴《め》はもう江戸に来ておるのか？」

「は、すでに着到《ちゃくとう》致しております」

「では、交換の日取りは？」

「いつ、何刻《なんどき》にても」

「よし、日取りは改めて書面にて遣わす」

「安藤様」

「ん？」

「真《まこと》に、兼松様はご承諾下されまするか？」

「俺が、信用ならぬと申すか？」

治右衛門は口元に笑みを湛《たた》えて言った。

「たしかに、又四郎は厄介な奴じゃ。然《さ》りとて俺も木偶《でく》ではない。為すべきことを果たせぬようでは旗本の沽券《こけん》に関わる。まぁ任しておけ」

「……」

「十四年前の件は、我ら安藤一門の者も皆、腹の煮える思いをしておる。高崎安藤家にとっては御先代対馬守殿よりの遺恨の種である河合半左衛門を、ようやく右京進殿にお渡しできるというこの好機を邪魔立て致すとあらば、たとえ又四郎とて容赦はせん」

「…………」

「又四郎にしても、備前侍《ざむらい》の首を五つばかり転がして、そのあとなにも起こらぬでは張り合いがなかろう。そろそろ飽いておるに違いない。必ず俺が承知させて見せる」

「…………」

「万一それが不首尾となれば、俺の首をくれてやる。……どうじゃ？」

そこまで言い切られては、八太夫に返す言葉はなかった。


寺西八太夫の報告を受けて一応の安堵を得た但馬に、突然の客が訪れたのは日も暮れんとするころだった。

「御家老ッ、仙台公がお見えで御座いますッ」

「！」

但馬は息を呑んだ。

「な、なにゆえじゃ？」

「それが、些《ち》と但馬の面《つら》を拝みに参った、との仰せで……」

「…………」

但馬の体を、得体の知れぬ恐怖が駆け抜けた。

陸奥《むつ》仙台藩六十二万石、伊達中納《ちゅうな》言《ごん》政宗の御前に伺候した但馬は、勇を振り絞って訊ねた。

「なにゆえの思し召しに御座りましょうや？」

「旗本ずれに、嘗《な》められておるそうじゃの？」

政宗は、独眼竜と渾名《あだな》される隻眼で但馬を見据えていた。

「は……」

但馬は面《おもて》を上げることができなかった。

「この喧嘩、宮内少輔の手に余るならば、わしが肩代わりしてやってもよいがの……」

政宗は凄味のある笑みを浮かべた。

「宮内少輔が恥をかけば、わしの恥にならんとも限らぬ」

伊達政宗の世継《よつぎ》である左《さ》近衛《こんのえ》権《ごんの》少《しょう》将《しょう》忠宗《ただむね》の正室は、池田参議《さんぎ》輝政の娘で、宮内少輔忠雄には妹である。主君の御妹君の御舅《しゅうと》殿の言葉は重かった。

このとき伊達政宗は御年六十四歳。その炯々《けいけい》たる眼には往時から些《いささ》かの衰えも感じられはしなかった。

「相手の兼松何某《なにがし》とかいう小僧、かつて御濱御殿において、わしの頭《つむり》を打《ぶ》ったなどと触れ回っておるそうなが、なあにあんなもの、ほんの擦《かす》った程度のものでな……」

「…………」

「とはいえ、この政宗に擲《なぐ》りかからんとする向こう意気や良し、戦《いくさ》の折には物の役に立つ者でもあろう、と赦《ゆる》して遣わしたが……」

政宗の笑みが消えた。

「そのときのわしの供の者は、腹を切って果てておる」

「………」

「あの折に兼松を、斬らせてやるべきであったか、と悔いておったところでの……」

「ご案じいただくには及びませぬ」

但馬は平伏したままで言った。

「喧嘩を収める目処《めど》も立っておりますれば……」

「収める……？」

政宗の声が尖った。

「手打ちを致すと申すか？」

「名を捨てて実《じつ》を取る手立てに御座ります る」

「外様大名の面目《めんぼく》はいかが致す？」

怒気を含んで政宗は言った。

「家来の首を五つも転がされておって、それでは武門の意地が立つまい？」

「当家には、当家の事情も御座りますれば……」

「十四年前の一件か……。其方《そのほう》ら重臣が、処置を誤ったの」

「は……」

「まあ宮内少輔を担いでおったのでは致し方あるまい。一度わしが輝政の倅に、親父殿が生きておればどの様《よう》な喧嘩を致したか、教えてやりたかったがのう……」

と政宗が座を起つ。

「ただし、これ以上の恥を晒《さら》せばわしも黙ってはおらん。肝に銘じておけ」

そう言い棄てて客殿を出ていった。

五

「俺《わっし》が夢の市郎兵衛ってえ、やくざ野郎で御座います」

その男は、日本橋檜物町《ひものちょう》の自宅に招じ入れた誠一郎を鋭い眼で一瞥《いちべつ》すると、両手をついて頭を下げた。歳のころは三十二、三、苦み走った顔立ちの、なかなかの貫禄の持ち主だった。

「造作をかけて相済《あい》まぬ。某《それがし》は市岡誠一郎と申す者に御座る」

誠一郎は、太腿《ふともも》に手を置いて辞儀を返した。

「市岡、誠一郎……？」

市郎兵衛が訝《いぶか》しげな顔を見せる。

「両国廣小路の三笠屋の使いで、些《ち》と談合致したく参ったような次第での……」

誠一郎の言葉も聞かず、市郎兵衛が驚きの声を上げた。

「い、市岡誠一郎といやァ、御成道で浪人桐山八郎兵衛を斬ったってえ、あの？」

「………」

そんなことが噂になっているのか……、誠一郎はうんざりとした気分になった。

「それにそれに、あの兼松屋敷に集められた武芸者の中で、ただ一人だけ兼松又四郎の申し出を蹴ったってえ、あの市岡誠一郎様で御座んしょう？」

「なにゆえ左様なことを存じておる？」

誠一郎にはわけがわからなかった。

「へえ、俺《わっし》ゃァ人入れ稼業を生業《なりわい》としておりやすもんで、旗本屋敷の噂なんざァその日のうちに耳に入《へえ》って参《めえ》るんで御座います」

なんだか市郎兵衛は嬉しそうだ。

人入れ稼業というのは、大名や旗本の屋敷の雇い人の周旋業で、供揃えのときに人が足りないなどというと急遽臨時雇いを送り込まねばならぬため、常に人の出入りが激しい商売だった。

「おい梅《うめ》ッ、ちょいとこっちィ来な」

市郎兵衛が声を擲《な》げると、唐紙が開いて市郎兵衛の女房らしき女が盆に湯呑みを載せて入ってくる。二十七、八と思しき、気っ風の良さそうな容貌《きりょう》のいい女だ。

「おい、このお方を誰だと思う？　なんとあの、市岡誠一郎様だぞッ」

「えッ？」

梅と呼ばれた女が盆を畳に置いて膝をつき、

「直参のお旗本、阿部四郎五郎様のお姫様のお命をお救いになられたという、あの市岡誠一郎様に御座いますか？」

「…………」

誠一郎は無言で会釈を返すに留めた。

「桐山八郎兵衛ってえ悪浪人を、抜く手も見せずに一刀のもとに斬り棄てたってんだから大《てえ》したもんで御座んすねえ」

市郎兵衛が言った。この者らは、芝居かなにかと勘違いしている。誠一郎はそう思った。

「桐山氏《うじ》は、悪浪人などではない」

誠一郎がそう言うと、市郎兵衛は顔を輝かせ、

「へえ、そうだったんで御座んすか？　じゃァ、そこらへんのとこを一つ、詳しくお聞かせ願いとう存じますんで御座いますが……」

と阿《おもね》るような笑みを見せた。

「某《それがし》、その様《よう》な話を致しに伺って参ったのでは御座らん」

誠一郎はにべもなく言った。もう帰りたくなっていた。

「ああ、三笠屋の一件で御座んすね？　あんなもなァね、市岡様が、寄越せ、と仰しゃるんなら俺《わっし》があの盆暗《ぼんくら》野郎の首に縄ァつけて、三笠屋まで引きずっていってもよう御座んす」

市郎兵衛は、ドン、と胸を叩いた。

「しかしそれでは頼られてあいだに立った其方《そなた》の、顔が立たぬのでは御座らんかな？」

「それがねえ、俺《わっし》も男と見込んで頼むと言われ、そういうことなら任しとけッ、俺が必ずお前《めえ》らを添《そ》わせてやらァ、と胸を叩いたまではよかったが、よくよく事情《ことわけ》を聞いてみりゃァ、なんともいただけねえ話で御座んしてね……」

と一つ大きなため息をつく。

「三笠屋の倅の卯之吉《うのきち》ってえのは年上のお染《そめ》ってえ女にぞっこんで、お染と一緒になれるんなら三笠屋の身代《しんだい》なんぞは捨ててもいい、なんて言ってやがるんですが……」

「ほう」

「ところがどうやらお染のほうは、卯之吉が三笠屋の惣領《そうりょう》だと知った上で、色仕掛けで誑《たぶら》かしやがったようなんで……」

「なるほど」

「これじゃァ俺《わっし》も庇《かば》ってやるにも張り合いがのう御座んしてね……」

「うむ」

「いまは卯之吉のほうが上気《のぼ》せてやがってどうにもならねえが、放っときゃァそのうちに勝手に別れちまうか、女のほうから、手切れ金を、なんて言い出すんじゃねえかと俺《わっし》ゃァ踏んでるんで御座んすがねえ……」

「左様なことならば、その旨三笠屋に話してみよう」

ここらが引き上げる潮時だ。誠一郎は思った。

「大きに忝《かたじけの》う御座った。また改めて三笠屋のほうから人を遣わすことと相《あい》なろう」

誠一郎は市郎兵衛とお梅に頭を下げた。

「では某《それがし》はこれにて……」

「いやいや、まだいいじゃァ御座んせんか。折角《せっかく》なんで、お近づきのしるしにぜひ一献《いっこん》差し上げたいんで御座んすがねえ……」

市郎兵衛が盃を挙げる真似をした。

「お断り致す。御免」

誠一郎は刀を手に起ち上がった。


神田三河町の住居《すまい》に戻ると、ふみは不在だった。

火を起こし湯を沸かしながら誠一郎は、家僕《かぼく》の一人、婢女《はしため》の一人ぐらいはいる暮らしに、早うふみを戻してやりたいものだ、そう思った。

そのためには安定した継続的な実入りが必要であり、まずは長屋を出てこぢんまりとした庭がついた手頃な一軒家にでも移ってからの、家僕《かぼく》であり婢女《はしため》である。

三十七両ばかりの礼金を得たからといって、それを頼りに一軒家を借り、奉公人を雇うというような軽率《かるはずみ》な真似はできない。金が続かぬからまた長屋に戻る、などという惨《みじ》めな思いをふみにさせたくはなかった。

どうすれば、ふみをまともな武家の暮らしに戻してやれるのか。

だがそれは、どれほど考えたところで埒《らち》の明くことではないのはわかっていた。

久方ぶりの自分で淹れた茶を啜《すす》っていると、ほどなくふみが帰ってきた。

「お戻りで御座いましたか……」

家に上がったふみは、誠一郎の湯呑みを見て、

「誠に相済《あい》みません。ちょっとかよ殿の様子を見に参っておりました」

「うむ。……かよ殿はいかがであった？」

「はい……」

ふみは誠一郎の前に座ると、顔を伏せたままでいた。

「………」

聞くまでもないことだった。息子があのような死を迎えて、母親が心穏やかにいられようはずもない。涙が涸《か》れることなどないのだろう。

「かよ殿は……」

ふみが、ぽつりと言った。暫《しば》しの間があって、

「下のお子たちがいなければ、自ら死を選ばれておったのでは、と……」

「然《さ》もあろう……」

竹蔵には、七つになる妹と五つの弟がいる。その子らのお蔭で、かよ殿は自害せずにいられておるのではないか、誠一郎もそう思っていた。

「私《わたくし》も、辛《つろ》う御座います」

ふみが、誠一郎の眼を見て言った。

ふみの顔にも窶《やつ》れが見えた。竹蔵の死を知って以来、ふみの笑った顔を見ていない。

日頃から交際《つきあい》のあった竹蔵の死を辛く思うのは当然のことだが、それだけではない。誠一郎はそう感じていた。

ふみの弟の賢之輔は十五で死んだ。それから十数年が経っても、賢之輔は十五のまま歳を取ることがない。そして竹蔵が十五で死んだ。

ふみは竹蔵と、弟賢之輔とを重ね合わせているのではないか。そう思えてならなかった。

「うむ、辛い出来事であった」

誠一郎は言った。

「いえ……」

ふみは、静かに首を横に動かした。

「私《わたくし》が辛いのは、そのあとで御座います」

「ん？」

かよの悲しむ姿を見ているのが辛い、ということなのだろうか。

「私《わたくし》は、竹蔵殿のために、なにもして差し上げられぬのが辛《つろ》う御座います」

ふみの眼から涙が溢れた。

「竹蔵殿が、女子《おなご》の自害の責《せめ》を負うおつもりだったのか、それともその娘《こ》を独りで逝《ゆ》かせるのは忍びないと思われたのか、いずれにせよご生害《しょうがい》召されたのは致し方なきことかと存じます」

「……」

「然《さ》れど、その苦しみを徒《いたずら》に長引かせ、剰《あまつさ》え笑ってそれを見ておったあの者が、どうしても許せぬので御座います」

それは誠一郎が初めて目にした、ふみの激しい怒りの表情だった。

「あの者を、野放しにしたままでおらねばならぬことが、辛くてならぬので御座います」

「敵《かたき》を討ってやりたい、と申すのか？」

ふみがこういうことを言い出すのは、余程の思いに違いない。誠一郎はそう思った。

「いえ、どうせ叶わぬことで御座いましょう……」

ふみは肩を落とした。

「相手はお旗本の子弟、竹蔵殿は長屋の浪人の子、斬られたわけでもなく、腹を切ったのを笑いものにした、というだけでは、お上に訴えても、どうなるものでもありませぬ……」

「其方《そなた》は、竹蔵を笑ったあの者の、死を望んでおるのか、と訊いておる」

「それも叶わぬことに御座います」

ふみは目を伏せたままで言った。涙の滴《しずく》がぽとり、と落ちた。

「どこの誰ともわからぬ者を、誰が、どうやって命を絶つことができましょう。願ったところで詮《せん》なきことで御座います」

「………」

「ただ、もしも竹蔵殿のお怨みをお晴らしすることができたならば、さぞや竹蔵殿もかよ殿も、お喜びになられるのではなかろうか、と……。それを思うと私《わたくし》は……」

「其方《そなた》が望むなら、その怨み晴らしてやろう」

誠一郎は言った。

「えッ？」

ふみが驚きの顔を上げた。

「俺があの者の首を、かよ殿に届けて進ぜる」

誠一郎はふみの眼を見て言った。

「そんな……、貴方《あなた》にその様《よう》なお願いをするわけには……」

「俺が、怒っておらぬとでも思うか？」

「…………」

「ふみの望みとあらば、俺にとっても望むところじゃ」

「でも、……どうやって？」

戸惑うふみに、誠一郎は不敵な笑みを見せた。

「ふみ、望むか？」

ふみは、真剣な眼差しで頷いた。

「はい」

翌日、誠一郎は再び檜物町を訪れた。

「これはこれは市岡様、いってえ何事で御座んす？」

お梅に呼ばれて座敷に入ってきた市郎兵衛が驚きの声を上げる。

「本日は市郎兵衛親分に、お願いの儀あって罷《まか》り越した」

誠一郎は太腿《ふともも》に手を置いて頭を下げた。

「そんなァ、お願いなんてとんでもねえ、俺《わっし》なんぞでお役に立つことがあるんなら、なんだって言いつけてやっておくんなせえッ」

「些《ち》と、人を捜しておってな」

「へへッ、そういうことでしたら任しといてもらいやしょう。手下どもを集めて捜させりゃァ、アッという間に見つけてご覧に入れやすぜ」

市郎兵衛は、ドン、と胸を叩いた。

「どこぞの旗本の家に奉公しておる中間で、名を源七という」

誠一郎はそう言った。

六

その日、早朝から降り続く霧雨に包まれた兼松邸の門前には、約定の時刻のかなり前から菅笠《すげがさ》を被った備前池田家の家来が列をなしていた。

河合又五郎の父親半左衛門を乗せた駕籠の前には寺西八太夫と、同役の笹川丹右衛門《ささがわたんえもん》が立ち、駕籠の左右には総勢二十余名の供侍が控えている。

「各々方《おのおのがた》に申し上げるッ」

八太夫が声を張った。

「相手は兼松又四郎、断じてご油断召されるなッ」

「はッ！」

眼を血走らせた一同が声を揃える。

やがて門扉が開くと、門番の案内で池田家の一行は邸内に入り、玄関先に駕籠を進めた。すぐに玄関から姿を見せたのは、池田家御出入り衆の旗本、阿部四郎五郎と久世三四郎だった。

「早々なるご着到、痛み入る」

四郎五郎が言った。

「生憎《あいにく》と又四郎が朝から他出致しておっての、まぁ約定の刻限までには戻ろうから、暫《しば》しお待ちいただかねばならぬ」

「無論のこと。我らのことは捨て置かれませ」

八太夫は応えた。

「雨も降っておることとゆえ、中に上がって待たれるがよろしかろう」

三四郎が笑みを浮かべて言った。

「茶ぐらいは出させようぞ」

「いや、我ら駕籠の傍《そば》を離れるわけには参り申さぬ」

八太夫の言葉に三四郎が呆れた顔をした。

「然《さ》れどこのままではずぶ濡れで御座るぞ」

「濡れるが如き苦しゅうは御座らぬ。お気持ちだけ頂戴致す」

「ならばご随意《ずいい》に……」

四郎五郎が言って、両名は玄関の奥へと去っていった。

だが、約定の刻限を過ぎても兼松又四郎は戻らなかった。

「誠に相済《あい》まぬことじゃが……」

再び出てきた四郎五郎が言った。

「又四郎の戻りが遅れておるようでな、ここは一先《ひとま》ず屋敷に上がって、中でお待ち下されよ」

「河合半左衛門も、警護の衆も、皆一緒におれば問題は御座るまい？」

三四郎が言った。

「いや、このままにてお待ち申す」

八太夫は言った。

「斟酌《しんしゃく》はご無用で御座る」

八太夫の態度は真四角だった。

「其方《そのほう》、寺西八太夫、と申したかの？」

四郎五郎の言葉が尖った。

「左様に四角張っておられては、此度《こたび》の取引き上手くはいかぬぞ」

「おう、まさに喧嘩を致しに参っておるようじゃ」

三四郎が言った。

「互いに欲しい物を手に入れて喧嘩を収める、謂《い》わば仲直りの儀式で御座ろう。其方《そのほう》の喧嘩腰の態度を又四郎が見たら、彼奴《あやつ》烈火の如く怒り出すぞ」

「…………」

八太夫は顔を伏せた。言われることは尤《もっと》もだ。だが、しかし……。

「そもそも此度《こたび》の件は、備前池田の強《た》っての願いによって我らが仲立ちを致したもの」

四郎五郎が言った。

「又四郎にとっては望まぬことを、無理を言って承引させておる。多少遅れたからとて咎《とが》め立てもなるまい？　ならばせめて待つあいだぐらい、又五郎と半左衛門を二人にしてやって、父と子の今生《こんじょう》の別れをさせてやるのが、武士の情け、というものでは御座らんか。それを斯様《かよう》に頑《かたく》なな態度でおられるは、我ら仲人《ちゅうにん》にとっても不愉快千万《せんばん》ッ」

「………」

「取引きが終われば、又五郎は備前池田家で斬られ、半左衛門は高崎安藤家にて斬られる身の上なのだぞッ」

三四郎が言った。

「備前侍《ざむらい》に情けはないのかッ!?」

「………」

「親身に河合親子を遇しておれば、又四郎の心も解《ほぐ》れよう」

四郎五郎が言った。

「然《さ》ればこそ、互いに笑って別れられようと言うものであろう？」

「阿部様、久世様」

八太夫は言った。

「折角《せっかく》のお心遣い忝《かたじけの》う御座れど、お断りを申す」

「なにッ？」

四郎五郎の眼が険しさを帯びた。

「我らが池田の側に立ち、これほど言うておるものを、聞く耳持たぬと申すか？」

「ならば此度《こたび》の取引きは止《や》めじゃッ」

三四郎が言った。

「これではどうせ争いになるのは目に見えておる。又四郎が戻る前に早々に引き取られよッ」

「お怒りはご尤《もっと》もなれど……」

八太夫は言った。

「河合半左衛門は昨夜、自害を図っており申す」

「！」

四郎五郎と三四郎が息を呑む。

「半左衛門が死なば此度《こたび》の交換は取り止め。己《おの》が命と引換えに、倅又五郎を救わんとする親心と存じおりまする」

「うむ……」

四郎五郎が声を漏らす。

「それゆえに、駕籠の中では半左衛門の手足を厳重に縛り上げ、舌を噛ませぬようにと猿轡《さるぐつわ》を咥《くわ》えさせており申す」

「…………」

「半左奴《め》は、慶長《けいちょう》両度の大坂での戦《いくさ》にて腕を揮《ふる》った剛《ごう》の者。縛《いまし》めを解《と》かば危険極《きわ》まりなき人物に候《そうら》えば、何卒《なにとぞ》駕籠のままでのお渡しをお許し願いとう存じまする」

「…………」

四郎五郎も三四郎も声がなかった。

そのとき遠くから蹄《ひづめ》の音が聞こえた。猛然たる勢いで疾駆する馬の跫音《あしおと》が近づいてくる。

「門開けぇいッ！」

大音声が響き渡ると、主人《あるじ》の声に気づいた兼松邸の門番が慌てて門扉に飛びつく。

門扉が開ききらぬうちに駆け込んできた葦毛《あしげ》馬に跨《またが》った兼松又四郎は、悪鬼《あっき》の如き形相で大身《おおみ》の十文字槍を搔い込んでいた。

「備前 侍《ざむらい》は出て失せろッ！」

又四郎が怒鳴った。

「又四郎ッ、いかが致したッ？」

四郎五郎が声を上げる。

「汝《うぬ》ら、よくも俺を謀《たばか》りおったなッ！」

又四郎は四郎五郎と三四郎に怒りの眼を向け、

「俺は又五郎親子の交換なぞ承知しておらぬッ！」

と両手で構えた十文字槍を八太夫に向けた。

「疾《と》っとと出てゆかぬと、容赦はせんぞッ！」

「いかなる筋書きで御座ろうかな？」

臆することなく八太夫は又四郎を睨《ね》めつける。

「又四ッ！　落ち着いて話をせいッ」

三四郎が怒鳴る。

「黙れッ！　俺がどうあっても承知致さぬことに業を煮やし、大御所秀忠公御病気平癒《へいゆ》を御祈願申し上げんため俺が上野《うえの》東叡山寛永寺《とうえいざんかんえいじ》に籠もるこの日を狙って、密《ひそ》かに又五郎親子を交換せんと企《たくら》んだのであろうがッ！」

「勘違いを致すなッ」

四郎五郎が言った。

「我ら左様な謀略《はかりごと》は致さんッ！」

「忠僕の注進《しらせ》を聞いて駆け戻ってみればこの有様《ありさま》――」

又四郎は槍先を池田家の供侍たちに向けると、

「汝《おのれ》ら一人残らず蹴散らしてくれるわッ！」

十文字槍を振り回し、馬で供侍の群れに突っ込んでゆく。危うく飛び退《しさ》って槍先を躱《かわ》した一人の供侍が反射的に刀を抜き合せる。それに呼応して他の供侍たちも一斉に抜刀した。

「抜いたな？」

又四郎が凄味のある笑みを見せた。

「控えよッ！」

笹川丹右衛門が、供侍たちに向かって声を上げる。そして又四郎に言った。

「畏《おそ》れながら、兼松様に申し上げるッ。拙者、備前池田家家来、笹川丹右衛門と申す者、我らは突然の兼松様の槍に驚愕を致し咄嗟《とっさ》に武士の習慣《ならい》として抜き合わせたまでのこと。けして他意は御座らぬ」

「俺が俺の屋敷内《うち》で、槍を振ろうが鉄砲を撃とうが、なにが悪い？」

又四郎が言った。

「それに引き換え汝《おのれ》らは、大挙して我が屋敷に押しかけて、俺が、出ていけ、と言うておるのに耳をも貸さず刀を抜きおった。斯《か》くあらば汝《おのれ》らを、賊と見做《みな》す！」

その言葉が終わらぬうちに、玄関から続々と人が溢れ出てくる。いずれも腕に覚えの剣達者と思しき浪人態《てい》の者どもが、母屋の脇からも若党長屋のほうからも、次から次へと無言で近づき、見る間に三十人ほどの数で池田家の家来たちを取り囲んでしまった。

丹右衛門が八太夫に顔を寄せ、

「ここは一先《ひとま》ず退却を……」

丹右衛門の目配せで、脇に片膝ついて控えていた駕《ろく》夫《しゃく》の中間二人が駕籠に駆け寄る。途端にその足元の地面に、四本の矢が突き立った。

「ひえッ！」

中間二人はのけ反って尻から崩れ落ちた。

八太夫が振り仰ぐと、母屋の屋根の上で新たな矢を番《つが》えて弓を構える者が四人、こちらに狙いをつけた。さらに玄関口には雨を避けて鉄砲を構えた二人の者が、片膝立ちで供侍たちに銃口を向けている。あきらかに敵は闘う準備を整えていた。そして、いつしか阿部、久世の両名の姿は消えていた。

全ては旗本どもの策略か……。八太夫の眼に憤《ふん》怒《ぬ》の炎が燃え上がった。

「笹川殿、其許《そこもと》は供の者を率いて退《しりぞ》かれよ」

八太夫は言った。

「某《それがし》は、駕籠の脇にて討死致《うちじに》す」

「しかし……」

異を唱《とな》えんとする丹右衛門に、八太夫は静かに首を横に振った。

「一刻も早く、御家老に注進《しらせ》を」

「………」

もはや説得は適《かな》わぬと知った丹右衛門は、振り返って供侍たちに声を擲《な》げる。

「退《ひ》けぇいッ！」

真っ先に中間二人が駆け出した。刀を構えた供侍たちは、じわりじわりと門のほうへ後退《あとずさ》っていく。それを押し出すかのように、刀を鞘《さや》に収めたままの浪人者の群れが動いていた。

「兼松ッ！」

八太夫が怒鳴った。

「汝《うぬ》が、いずれ死ぬほど後悔させてやる、と言うたはこのことかッ!?」

馬上の又四郎は、

「其方《そのほう》に言うておいたはずじゃ、いかなる事態に至ろうとも断じて又五郎は渡さぬ、とな」

その顔は莞爾《にっこり》と笑っていた。

「なにゆえ俺の言葉を信じぬ?」

「くッ!」

八太夫は脇差をスラリと抜き出すと、柄《つか》を逆手に持ち直し、

「む、無念……!」

肩衣《かたぎぬ》を刎《は》ね、領《えり》を掻き拡げた諸肌《もろはだ》に脇差の鋒《きっさき》を突き立てた。そのまま峰に左手を当て真横に引く。足元が崩れて駕籠の屋根に背を預けた八太夫の腹から鮮血が溢れ出し、堅く結んだ口の端《は》からも血の筋が流れた。

「寺西殿ッ!」

動き出した門扉の隙間から八太夫の凄絶なる姿を目にした供侍の一人が、
と叫んで邸内に駆け戻ろうとしたとき、音を立てて門が閉まった。

第三章

側衆　松平伊豆守

一

笹川丹右衛門の知らせにより、寺西八太夫の憤死を知った備前池田家は炎となった。

直ちに武器蔵を開け放ち、軍馬が整えられ、鎧櫃《よろいびつ》から続々と取り出された甲冑が久々の外気を吸った。侍分《さむらいぶん》は言うに及ばず長柄《ながえ》の徒士《かち》足軽《あしがる》、鉄砲組、弓組が俄《にわか》に勢揃いを果たす。

備前池田家からの知らせを受けた御府内の池田一門の各家も、大名が旗本に侮辱されたことに憤激し、池田本家である左少将《さしょうしょう》光政《みつまさ》が率いる因幡《いなば》鳥取《とっとり》三十二万石、宮内少輔忠雄の弟たち、池田石見守《いわみのかみ》輝澄《てるずみ》率いる播州《ばんしゅう》宍粟《しそう》三万八千石、池田右京大夫《うきょうだゆう》政綱《まさつな》率いる播州赤穂《あこう》三万五千石、池田右近大夫《うこんだゆう》輝興《てるおき》率いる播州佐用《さよう》二万五千石が戦《いくさ》の準備に取りかかった。

さらに伊達中納言政宗率いる奥州《おうしゅう》仙台六十二万石、政宗の長男伊達遠江守《とおとうみのかみ》秀宗《ひでむね》率いる伊予《いよ》宇和島《うわじま》十万石も参戦を表明した。

「さて、いかがなされるご所存かな？」

蜂須賀蓬庵家政《はちすかほうあんいえまさ》が言った。

「一方の、三番町兼松屋敷に参集しておる旗本の数三百有余人《ゆうよにん》。早馬に打ち乗り東西に奔走《ほんそう》致すその有様《ありさま》に、すわ戦《いくさ》か、と町人どもは怖れ慄《おのの》いておるそうで御座りまするな？」

「御時節柄も辨《わきま》えず、将軍家お膝元にて騒ぎを起こさんとする不埒《ふらち》千万なる者ども許し難《がた》し」

公儀筆頭年寄、土井大炊頭利勝は応えた。

「大御所秀忠公御病気御見舞いに参った其方《そのほう》が、身共《みども》に話があるというはそのことか？」

大炊頭は下総佐倉《しもうささくら》十四万二千石の領主であるが、一回《ひと》りも年長であり阿波徳島《あわとくしま》二十五万七千石の大大名であった老人に対しても、幕閣の威厳をもって、其方《そのほう》、と呼んだ。

「いかにも」

御年七十三歳の老人は、阿波狸《だぬき》の異名に違《たが》わぬ含みのある笑顔で言った。

「他に、なにが御座る？」

宮内少輔忠雄の正室、阿波御前と呼ばれる三保《みほ》姫は蓬庵の孫である。

「このままでは儂《わし》も、兵を挙げねばならぬのでなぁ」

「………」

蓬庵は、家督を譲った隠居の身であるとはいえ、いまだに中央政治の陰で暗躍する権謀術策に長《た》けた危険な人物であった。

「其方《そのほう》の如き物のわかった先達《せんだつ》が、血気に逸《はや》る若い者どもを鎮めずしてなんと致す？」

大炊頭は言った。

「なんぞの存念があらば聞いておこう」

「いかがなされるつもりかと訊いておる」

「喧嘩の双方に自重を求める」

「じゃが池田の側は、都合七人も死んでおるのでなぁ」

「それは備州のやり様《よう》が拙《まず》いからであろう」

「宮内少輔は、たとえ三十一万余石を潰してでも断じてあとへは退《ひ》かん、と言うておる」

「それを窘《たしな》めるのが其方《そのほう》の役目ではないのか？」

「いやいや、それは儂《わし》の役目では御座らん」

「ん？」

「儂《わし》の役目は、御公儀のお力をもって河合又五郎をお渡し願うことでな……」

「………」

「そうで御座ろう？　旗本輩《ばら》の屋敷に匿《かくま》われておっては、いつまで経っても争いは終わらぬ」

「其方《そのほう》ともあろうものが、まるでわかっておらぬな」

「はて、左様かな？」

「十四年前の一件で、対馬守重信は屈辱のままに死んだ。今度は備州が苦汁を嘗《な》める番ぞ」

「ホッホッホッ……」

蓬庵が、調戯《からか》うような笑い声を漏らした。

「大炊殿こそ筆頭年寄の座にありながら、なにもわかっておらぬのう……」

「なにッ？」

「備州、因州《いんしゅう》、播州の池田一門に加え奥州、予州《よしゅう》の伊達一門、さらには阿波蜂須賀一門合わせて百七十万石が、其方《そなた》の指図《さしず》には従わぬと言うたらいかがなされるのかと訊いておるのじゃ」

「………」

「備前一国三十一万石は潰せても、百七十万石は潰し様《よう》が御座るまい？」

「それは、脅しのつもりで言うておるのか？」

大炊頭の眼が険しさを帯びる。

「次第によっては、そのままには置かぬぞ」

「いやいや滅相《めっそう》もない。例えばの話で御座るよ」

蓬庵は莞爾《かんじ》とした笑みを見せた。

「大御所秀忠公御薨御《ごこうぎょ》の折には征夷大将軍家光公の御舎弟駿河《するが》大納言《だいなごん》殿を押し立てて兵を挙げ、幕府転覆の野心陰謀を抱く輩《やから》が天下の諸侯の内にも少なからず候《そうら》わん。斯《か》かる緊迫せし御時節に斯様《かよう》な椿事《ちんじ》が出来《しゅったい》とは、大炊殿もさぞかし頭の痛いことであろうかと存じての……」

「戦《いくさ》の世が終わり、天下治まりしといえども盤石《ばんじゃく》には非《あら》ず。然《さ》ればこそ斯様《かよう》な些末な事柄にて外様と旗本が争うが如きは以《もっ》ての外《ほか》」

「いや、ご尤《もっと》も！」

蓬庵が深く頷く。

「一刻も早う争いを鎮めるには、御公儀が御詮議の名目にて旗本どもから河合又五郎なる小童《こわっぱ》を召し上げ、詮議ののち我らに下しおき賜《たまわ》れば、宮内少輔も旗本への怨みは苦汁として飲み込んで御公儀への恭順《きょうじゅん》に相《あい》努めることで御座ろう」

「そう容易《たやす》うは参らぬ」

「はて、儂《わし》はそうは思わぬがの……、将軍家への忠義立てに命を懸けておる旗本勢が、御公儀のお指図に従わぬはずが御座らん」

「旗本を安う見てもろうては困る。彼奴《あやつ》らは弓矢の矢の如きもの」

「ほう」

「一度弦《つる》を離れた矢は、止めることなど適《かな》わぬ」

「………」

「将軍家へ差し出した河合何某《なにがし》が備州の手に渡ったと知らば、猛《たけ》り狂うた旗本八万騎が備前池田を乱離骨灰《らりこっぱい》に致すぞ」

「できるかの？」

蓬庵が不敵な笑みを浮かべる。

「旗本を侮ってはならぬ。大名は、いかに家を守るかを考えるもの。旗本は、いかに死ぬかだけを考えておる」

大炊頭は言った。蓬庵の笑みが消えた。

「……ならば、知られねばよい」

「左様なことができようはずがなかろう。旗本を虚仮《こけ》にしてやった、と備州とその家来どもが、浮かれて触れ回らずにおられようか？」

「ふむ……」

そのまま蓬庵は黙り込んだ。

「左様に一筋縄にはゆかぬ事柄ゆえ、対応策は我ら幕閣に任せて、御老人は若い者どもの鎮撫《ちんぶ》に之《これ》努められよ」

大炊頭は、これにて面談は終了、と言わんばかりの態度を見せた。

「大炊殿」

蓬庵が口を開く。

「宮内少輔が死ねば、事は片づくと思うてはおられぬか？」

「ん？」

「お主《ぬし》らの考えそうなことは読めておる。備前池田の国家老、荒尾志摩を国表より召し出《い》だし、このままでは備前池田は廃絶となる、さて其方《そのほう》は、主君を守りたいのか主家を守りたいのか、と突きつける」

「…………」

「昔から、君《きみ》は一代、御家《おいえ》は末代、と申すもの。世継勝五郎《しょうごろう》にて相続を許し、本領安堵を約さば重臣どもが主君を殺し主家の安泰を図るは必定《ひつじょう》。おそらく宮内少輔に毒を盛り、昨今流行りの疱瘡《ほうそう》で死んだ、とでも届け出よう。……違うかの？」

「…………」

「左様な幕引きでは、仙台の黄門が黙ってはおらぬぞ」

黄門とは、中納言を指す唐の呼称である。

「旗本に虚仮《こけ》にされたまま、旗頭《はたがしら》が死んで終わりでは大名側の完全なる敗北。せめて旗本の首の十《とお》や二十は転がしてからでないと、矛《ほこ》を収めはすまい」

「血気に逸《はや》るは、若い者ばかりとは限らぬか……」

「儂《わし》とて黙ってはおらぬ。この上孫娘の亭主まで殺されて泣き寝入りでは、心穏やかに冥土《めいど》へは旅立てんでのう」

「ともかく、この際其方《そのほう》に確《しか》と申し伝えておく。大御所様御不例《ごふれい》の折柄《おりから》、諸大名、旗本、静謐《せいひつ》を旨とし、喧嘩、口論など之《これ》なきよう、屹度《きっと》慎みあるべし」

大炊頭は厳然たる声音で言った。ふっ、と蓬庵の鼻から息が漏れる。

「御公儀より外様大名の顔が立つお裁きを賜《たまわ》れるならば、我ら百七十万石も恐悦《きょうえつ》に存じ上げ、将軍家に仇《あだ》なす賊徒現れたる折には、その鎮圧に力を揮《ふる》えると言うもので御座る」

蓬庵は、畳に両手を支《つか》えて深く頭を下げた。

大炊頭は、直ちに松平伊豆守信綱《まつだいらいずのかみのぶつな》を呼んだ。

「あの狸爺《じじい》、この儂《わし》にしっかりと釘を刺していきおった」

「ほう、なんと申しました？」

「外様大名の面目《めんぼく》を潰すような処置を致さば、百七十万石が敵に回らんとも限らぬ、と仄《ほの》めかしおった……」

「強《あなが》ち、あり得ぬことでも御座りませぬな」

伊豆守信綱は三十代半ばの、見るからに頭脳明晰と感じさせる風貌をしている。相模《さがみ》、上野《こうずけ》などに一万五千石の所領を持つ譜代の大名で、幕閣支配下の扈従組番頭《こじゅうぐみばんがしら》という立場ながら、知恵伊豆《ちえいず》、と渾名《あだな》されるほどの利《き》け者であった。

扈従組とは小姓組とも称される将軍の側近で、一般的な意味での小姓とは異なり、将軍警護の任に当たる最精鋭の戦闘部隊である。

「さて、どうしたものかのう……」

大炊頭は伊豆守の反応を窺《うかが》った。

「旗本と外様の、どちらを勝たせるわけにも負けさせるわけにも参りませぬ」

伊豆守は言った。

「然《さ》りとて、引き分けでは争いは収まりますまい」

「左様。一方が引き分けと思うても、もう一方は引き分けたとは思わぬ」

大炊頭は顔に苦渋を滲《にじ》ませた。

「解決の方策、其方《そなた》ならなんとする？」

「新たな敵を作る他はなきかと……」

「ん？　新たな敵とは？」

「外様の獲物を横から奪わんとし、旗本の匿《かくま》いおる者を襲う第三の勢力が出現を致さば、外様と旗本双方にとっての新たな敵となりまする」

「………」

「然《さ》すれば旗本と外様が角突《つの》き合わせる理由を失いましょう」

「なんじゃ、その第三の勢力とは？」

「江戸の巷《ちまた》に溢れおる、十万とも言われる数の浪人どもがよろしいかと……」

「できるのか？　左様なことが……」

「できるのか、とのお訊ねであれば、心許《こころもと》なきかと存じまするが、やれ、との仰せに御座りますれば、やってご覧に入れとう存じまする」

「ならば、やれッ」

「はッ」

伊豆守は、畳に両手を支《つか》えて深く頭を下げた。

二

夢の市郎兵衛から、源七なる中間を見つけた、との知らせを受けて誠一郎は、市郎兵衛の乾児《こぶん》勘太《かんた》の案内で、日も暮れてから鉄砲洲《てっぽうず》にある豊前《ぶぜん》小倉《こくら》藩主細川《ほそかわ》侍従《じじゅう》忠利《ただとし》の下屋敷に向かった。

「御稽古處《おけいこどころ》に参《めえ》りやす」

勘太がそう言うと、門番は無言で潜《くぐ》り戸を開けた。

屋敷の離れの御稽古處に入るとそこは賭場《どば》だった。武芸鍛練のための板の間が鉄火場《てっかば》になっていて、畳を三枚縦に並べて白の木綿で覆った盆茣蓙《ぼんござ》の周りをズラリと客が取り囲み、賽子《さいころ》を壺に入れて振る樗蒲一《ちょぼいち》が行われている。

娯楽の少ない庶民のあいだで博打《ばくち》は盛んに行われていたが、主に町方の役人が踏み込むことのできない寺社奉行支配の寺院や、勘定奉行支配の武家屋敷などで開帳されていた。

中間の賃金は低く、なり手も少なかったため、大名や旗本の屋敷内での博打は黙認されていると聞いてはいたが、足を踏み入れるのは誠一郎には初めてのことだった。

盆茣蓙から外れた隅のほうで市郎兵衛が二人の乾兒《こぶん》と酒を呑んでいた。誠一郎が近づいていくと然《さ》りげなく三人が辞儀を寄越した。

「どうです一杯《いっぺえ》？」

と市郎兵衛が猪口《ちょこ》を差し出す。

「いや、いまは止《や》めておこう」

と誠一郎は板の間に胡座《あぐら》になった。

「盆茣蓙正面の左から三人目……」

市郎兵衛に言われてそちらに目を向けると、喰い入るように壺を見つめているその男は、紛れもなく件《くだん》の源七だった。

「うむ、間違いない。あの者じゃ」

誠一郎が言うと、

「あの野郎は、榊原采女、ってえ旗本の屋敷に奉公してるんで御座んすが……」

市郎兵衛は言った。

「そこン家の倅《ち》ってえのが上は十三で下が十一、市岡様がお捜しの、二十歳くれえの大男、って野郎は見当たらねんで御座んすよ」

「ふむ」

「あとは源七の口を割らせるしかねえんで御座んすが、旗本屋敷の中や使いの途中で攫《さら》ってえわけにもいかねえんで、市岡様にもこんなところまでご足労願った、ってえような次第《しでえ》で御座んして……」

「いや、忝《かたじけな》い」

誠一郎は頭を下げた。

「おい」

市郎兵衛が顎を抉《しゃく》ると、勘太が盆茣蓙を廻り込んでいって源七の背後に膝をつき、耳元でなにか囁《ささや》いた。源七がすぐに起ち上がる。連れてこられた源七は、市郎兵衛の前で両膝をつくと、

「これはこれは市郎兵衛親分で御座んすか？　お初にお目にかかりやす、俺《わっし》は源七ってえ――」

と言ってる途中で誠一郎に気づき、

「！」

慌てて逃げ出そうと向きを変えたが、勘太が懐に摑んだ短刀《どす》を見てヘナヘナと座り込む。

「おい、こちらの市岡様が、お前《めえ》に訊きてえことがおありだそうだ」

市郎兵衛が言った。

「か、勘弁してやっておくんなさい。ど、どうか命ばかりはお助けを……」

震える声で源七は言った。

「俺《わっし》ゃァただ、源次郎様のお指図に従っただけなんで……」

「素直に返答致すならば命は取らぬ」

誠一郎は言った。

「源次郎と申すのが、あのとき香典を擲《な》げていったあの者か？」

「へえ左様で、……手前の主人《あるじ》、榊原采女様の甥御様で、旗本安藤治右衛門様の御舎弟源次郎様に御座います」

「安藤、源次郎……」

誠一郎は、その名を胸に刻むように呟《つぶや》いた。

「やっぱり、源次郎様を、お斬りなさるので？」

源七が誠一郎の眼を覗き込む。

「やっぱり、とは？」

誠一郎には意味がわからなかった。

「だってね、そりゃァそうで御座んしょう？　なんともまァ小面《こづら》憎い野郎じゃあ御座んせんか、あの源次郎ってえ野郎は」

源七は、腹に溜めていた鬱憤を吐き出すかのように言った。

「俺《わっし》がもしも二本差《りゃんこ》しの侍《さむれえ》ならね、あんな野郎は生かしちゃ置かねえ」

「……」

「それにね、俺《わっし》もあとになって知ったんで御座んすが、御成道で悪浪人桐山八郎兵衛を打斬《ぶったぎ》ったのは、市岡誠一郎ってえお方だと……。俺《わっし》ゃァ、アッ、と思いやしてね」

「……」

「そしたら今度は、あの喧嘩屋旗本の兼松又四郎が、備前岡山藩三十一万石と喧嘩をするために三十余名の武芸者を屋敷に集めたが、その中でただ一人、兼松又四郎の面《つら》が気に喰わんと言って誘いを蹴った剛の者がいるってえじゃァねえですか。なんとその名は市岡誠一郎！」

「………」

「俺《わっし》ゃァそれを聞いて思いやしたよ、ははァん、こりゃ源次郎の首も、そう長くは繋がっちゃァいねえな、ってね」

と源七は、阿《おもね》るような笑みを浮かべた。

「………」

随分と的外れなことを言ってはいるが、結果として間違ってはいないので、誠一郎はなんとも返す言葉がなかった。

「あの源次郎の野郎を打斬《ぶったぎ》るってえんなら、俺《わっし》もひと肌脱ぎやすぜッ」

威勢よく言った源七に、市郎兵衛が笑顔を向ける。

「するってえとなにか？　源次郎をどこぞに誘《おび》き出せるってえのけえ？」

「へえ、任せてやっておくんなさいッ、……と申し上げてえとこでは御座んすが……」

源七が肩をすくめる。

「まァ、当分は無理で御座んしょうねえ……」

「なにゆえじゃ？」

誠一郎は訊ねた。

「へえ、なにせご承知の通り、いま江戸の町は外様と旗本の喧嘩で大変な騒ぎで御座んしょう？いまにも備前侍《ざむらい》が攻めてくるってんで、兼松屋敷には大勢の旗本衆が挙《こぞ》って加勢に詰めかけておりやして……」

「…………」

「そもそもは、兼松又四郎と安藤治右衛門が始めた喧嘩だってんで、治右衛門の弟の源次郎も、兼松屋敷に詰めっきりなんで御座います」

「なるほど……」

誠一郎はため息をついた。

「こりゃァしばらく様子を見る他はなさそうで御座んすねえ……」

落胆《がっかり》したように市郎兵衛が言った。

家に戻ると、待ちかねたようにふみが言った。

「いかがで御座いました？」

「うむ、中間の源七は見つけた」

誠一郎は言った。

「目指す相手の名は、安藤源次郎」

刀を刀架に置き、畳に腰を下ろすと源七との遣り取りを掻い摘んで話して聞かせた。

「左様で御座いましたか……」

ふみは落胆の色を隠して言った。

「御酒《ごしゅ》をお召し上がりになりますか？」

「うむ、もらおう」

やがて、燗《かん》をつけた銚子《ちょうし》と香《こう》の物が運ばれてくると誠一郎は、

「つかぬことを訊ねるが……」

ふみが差してくれる銚子を猪口《ちょこ》で受けながら言った。

「もしや、外でなんぞ、俺の噂を耳になどしてはおらぬか？」

「御成道での武勇伝のことに御座いますか？」

ふみは平然と言った。

「知っておったのか……」

誠一郎は苦い顔で酒を呷《あお》った。

「ええ、この長屋でも、大層な評判で御座います」

「別に其方《そなた》に隠しておったわけではないのじゃが、いや、隠しておったと言えば隠しておったということにもなろうが、それはその、なんと言おうか……」

なぜか、しどろもどろになった誠一郎に、

「ふふっ」

ふみが久方ぶりの笑みを見せた。

「誇らしゅう御座いますよ。兼松様のお屋敷でのことも……」

「それも知っておったのか……」

誠一郎は肩を落とし、顔を伏せた。

「もしも貴方《あなた》が兼松様のお仕事をお断りになっておられなければ、いまごろは外様大名との戦《いくさ》に巻き込まれておったことに御座いましょう」

ふみの顔には安堵が見て取れた。

「貴方《あなた》は、いつも正しいことをなさっておられます」

「いや、致し方なきこととは言え、其方《そなた》に嘘をついておった」

誠一郎は懐から出した財布から、七枚の小判を取り出した。

「先日の三十両は実は旗本阿部家からの礼金でな、五十両取ってくれた彦六に二割五分を渡し、俺は三十七両と二分を受け取った」

と七両をふみの前に置く。

「七両二分を密《ひそ》かに自分一人のものにしようとしたわけではない。三十七両という半端な額が、支度金とするにはそぐわぬと思うたゆえ……」

「わかっております。私《わたくし》を、なんと思し召しで御座います？」

ふみは優しい微笑みで言った。

「私《わたくし》は、この世で一番の、貴方《あなた》の味方で御座いますよ」

「………」

誠一郎の胸に、なにか甘酸っぱいものが拡がっていった。

誠一郎は、いつもふみのことを気遣っているつもりでいた。だが、気遣われていたのは自分のほうだったのか。ようやくそのことに気がついた。

「安藤源次郎の件じゃが……」

誠一郎は改まった口調で言った。

「ただ待っておるだけでは埒《らち》が明かぬ。なんぞの手立てを考えてみよう」

ふみの願いを、一刻も早く叶えなければならない。そう思っていた。

「どうぞご無理はなさらぬようお願い申します」

ふみは言った。

「相手は外様大名との争いに殺気立っておりましょう。なにかにつけて、大勢で行動致すはずで御座います」

「うむ」

「事を焦《あせ》って、貴方《あなた》の身に万一のことでも御座いますれば、元も子もありませぬ」

「だが、徒《いたずら》に時を重ねておっては、かよ殿のお体が案じられよう？」

かよは、日に日に衰えていっている、とふみから聞いていた。

「はい……」

ふみが力なく項垂《うなだ》れる。

「然《しか》らば、ただ手を拱《こまぬ》いておるわけにも参るまい」

誠一郎は言った。

「ですが……」

ふみは膝の辺りに目を向けたままで言った。

「私《わたくし》が、あのようなお願いをしたばっかりに、貴方《あなた》を危険な目に……」

「なに、案ずるには及ばん」

誠一郎は控えめな笑みを浮かべ、

「俺は、ふみが思うておるよりももう少しだけ、頼もしき男であっての」

そう言った。

三

松平伊豆守信綱は、江戸城内の本丸《ほんまる》御殿黒書院西湖之間《さいこのま》に二人の人物を招いた。

一人は将軍家剣術指南役を務める柳生但馬守宗矩《やぎゅうたじまのかみむねのり》。大和柳生庄《やまとやぎゅうのしょう》に六千石を領する旗本であり将軍家光公の信任篤《あつ》き兵法家であった。

一介の浪人の身から二百石にて家康公に召し抱えられて以降、幾度《いくたび》もの加増を受け、いずれは大名にまで登りつめる、と噂される人物である。

もう一人は大久保彦左衛門忠教《おおくぼひこざえもんただたか》。三河額田《みかわぬかた》に二千石を領する旗本の身でありながら、徳川家の家臣の中でただ一人、将軍家光公に直《じき》に意見することを許された、天下の御意見番、と呼ばれる忠臣の鑑《かがみ》とも言うべき人物である。

「これはこれは豆州殿《ずしゅう》」

七十一の老人は、入ってくるなり大声で言った。

「松平長四郎《ちょうしろう》の昔は青ッ洟《ぱな》を垂らしておられたが、大名となり、伊豆守ともなられると、この彦左衛門をお呼びつけになる。いや適《あっぱ》れ、適《あっぱ》れ」

すでに着座している但馬守宗矩に気づくと、

「おう、これは但馬殿。尊公《そんこう》も豆州殿に呼びつけられて参ったか？」

六十に差しかかる歳の但馬守は、無言で会釈を返すのみだった。

「御老体、相《あい》変わらぬご健勝ぶりでなによりで御座る」

彦左衛門には孫の、但馬守には子の世代である伊豆守は苦笑を浮かべてそう言った。

「まずはお座り下され」

彦左衛門が着座すると、伊豆守は笑みを消した。

「本日ご両所にお越し願ったは、余《よ》の儀《ぎ》には御座らぬ」

「外様と旗本の、喧嘩の一件で御座るかな？」

彦左衛門が言った。

「左様。もはや喧嘩の域を越え、戦《いくさ》にもならんとする有様《ありさま》で御座ってな……」

伊豆守は言った。

「なあにそんなもの、備州を改易《かいえき》に致さばよい」

彦左衛門の考えは単純明快だった。

「攻めておるのは備州のみ。非は備州にあり、と存ずる」

「備前一国を潰さば大事《おおごと》になりましょう」

但馬守が言った。

「池田一門に加え伊達一門、蜂須賀一門の総勢百七十万石が敵となる」

「それがなんじゃ？　御公儀のお裁きに従わぬというのであれば、たかが百七十万石如き、我ら旗本八万騎が滅ぼしてくれよう」

彦左衛門は言った。

「左様なことを恐れておっては、天下を治めることなど適《かな》うまい？」

「それでは天下を分けての戦《いくさ》となり申す」

但馬守は言った。

「その機に乗じて幕府転覆を目論《もくろ》む者どもが全国各地で挙兵を致し、再び長きに亘《わた》る戦乱の世に舞い戻ることと相《あい》なりましょう」

「おう、それこそ望むところよ。今度こそ、徳川家《とくせんけ》に仇なす奴輩《やつばら》を根絶《ねだ》やしにしてくれるわッ」

彦左衛門が笑顔を見せる。

「不肖《ふしょう》この彦左奴《め》が先陣を務め、見事に討死《うちじに》してご覧に入れる」

「まぁまぁ、御老体」

伊豆守が宥《なだ》める。

「神君家康公のご悲願をお忘れか？」

「う……」

彦左衛門が声を呑んだ。

「徳川の治世にて、戦《いくさ》なき世を百年続ける。これが神君のご悲願で御座る。その思し召しを早々に、藻屑《もくず》に致せと申されるか？」

「……………」

「然《さ》れば、いかがなされるおつもりか？」

但馬守が伊豆守に訊ねる。

「外様と旗本の意地立てが、斯程《かほど》に至っておるものを、ただ辛抱せよでは済みますまい？」

「争いの元凶《げんきょう》河合又五郎の首に、一万両の賞金を懸《か》ける」

「！」

但馬守と彦左衛門が眼を見開く。

「然《さ》すれば、いかが相《あい》なりましょうや？」

伊豆守は穏やかな顔で言った。

「浪人どもか……」

彦左衛門が声を漏らした。

「左様に御座る。さすがは御老体、お察しが早い」

伊豆守が微かな笑みを見せた。

「全国に三十万、江戸だけでも十万とも言われる数の浪人者は、いまの世の中に不満を募《つの》らせており申す」

「うむ。戦《いくさ》に負けたわけでも、失策《しくじ》りを犯したわけでもなく、ただ御公儀の大名廃絶策によって禄を失うたる者ども……」

彦左衛門が言った。

「この先戦《いくさ》が起こらぬ限り仕官の望みもなく、百姓町人に身を落とすか、飢えて死ぬる他に道はなかろう」

「そんな浪人どもを決起させ、幕府転覆を企《くわだ》てんとする輩《やから》も世に潜《ひそ》んでおるに相違《そうい》なく」

伊豆守は言った。

「まずその先触れとして、浪人勢という一大戦闘集団の脅威を天下に知らしめんがため、外様と旗本の争いに介入致す、というのはいかがで御座ろう？」

「ふむ、備州殿が手も足も出ぬ河合又五郎の首を浪人どもが奪《と》れば、外様大名の面目《めんぼく》は丸潰れ」

但馬守が言った。

「さらに、外様の襲撃は防げても浪人どもの襲撃は防げなんだ、とあっては旗本の面目も丸潰れと相《あい》なる」

「なるほど、これは外様と旗本とで争うておる場合ではないのう……」

彦左衛門が言った。

「まずは浪人どもを蹴散らす他はないが……」

「浪人どもは、一つ処《ところ》に固まっておるわけでは御座らん」

伊豆守は言った。

「傘張りや提灯《ちょうちん》張りをしておる裏長屋を攻めても埒《らち》は明きますまい？」

「うむ。これは厄介な敵じゃのう……」

「然《しか》らば、一万両の出処《でどころ》はいかに致される？」

但馬守が言った。

「信ずるに足る者の呼びかけでなければ浪人どもは動かぬ。ただの流言蜚語《りゅうげんひご》と相《あい》なろう」

「そこで御座る。そのために、ご両所のお知恵を拝借致しとう存ずる」

と伊豆守は頭を下げた。

「ふむ、然《しか》るべくは軍学者で御座ろうが……」

彦左衛門が考え込む。

「まず思いつくのは、武田《たけだ》信玄《しんげん》公の戦術を基《もと》に、甲州《こうしゅう》流軍学をば興《おこ》した小幡勘兵衛《おばたかんべえ》。大坂の陣の折には豊臣側に与《くみ》しておったが、いまは徳川の旗本で御座る。その高弟の小早川大学《こばやかわだいがく》は、毛利《もうり》家を致仕して浪人致しておったが、いまは水戸《みと》家に仕えており申す。譜代、親藩《しんぱん》の臣に非《あら》ずして、斯《か》といって外様に抱えられておってもいかぬとなると、これは些《ち》と難しゅう御座るな……」

「豆州殿」

但馬守が言った。

「楠不伝《くすのきふでん》なる者をご存知か？」

「いえ、存じませぬが、……楠というからには、楠木正成《くすのきまさしげ》公に縁《ゆかり》の者に御座ろうか？」

伊豆守は言った。

楠木正成は、鎌倉期の末から南北朝にかけて活躍した、日本史上最大の軍事的天才との呼び声高い、不世出の武将である。

「左様。真偽のほどは不明なれど、正成公十七代の後裔《こうえい》を自称致し、市ヶ谷《いちがや》にて楠の一字を二つに分けた、南木《なんぼく》流なる軍学の私塾を構えて多くの門弟を抱える者に御座る」

「その者ならば、一万両の資金を調達致せるのか？」

彦左衛門が訊ねる。

「おそらく。……肥後熊本《ひごくまもと》の加藤《かとう》侍従より資金提供を受けておるとも、駿河大納言忠長《ただなが》公と密接なる繫がりがあるとも漏れ承《うけたまわ》っており申す」

但馬守は応えた。肥後熊本藩は五十一万石、駿河府中《ふちゅう》藩は五十五万石の大藩であった。

「ならばその、楠不伝なる者の名で浪人どもを奮起せしむる檄文《げきぶん》をば記《しる》し、世に流布《るふ》致せばよいと言うことか？」

彦左衛門の問いに但馬守は無表情に応えた。

「いかにも」

「ではまずは、楠不伝の身柄を押さえねばなりませぬな……」

伊豆守は言った。

「その必要は御座らん」

但馬守が言った。

「楠不伝は、すでに亡《な》き者に御座る」

「ん？　それでは役に立つまい？」

彦左衛門が訝《いぶか》しげな顔になる。

「不伝の死は、世に知られてはおり申さぬ」

但馬守は言った。

「御公儀の探索を恐れ、身を潜《ひそ》めておるやに伝わって御座る」

「ならばなにゆえ但馬殿が知っておる？」

彦左衛門が言った。

「……なるほど、尊公《そんこう》が斬られたのかな？」

「某《それがし》の指図《さしず》にて、我が倅十兵衛《じゅうべえ》が斬り申した」

「………」

但馬守の嫡男柳生十兵衛三厳《みつよし》は、祖父である新陰《しんかげ》流二世柳生石舟斎宗厳《せきしゅうさいむねよし》や、父の但馬守宗矩をも凌《しの》ぐ天才剣士であると知られていた。

将軍家の近習としてお傍《そば》に仕えていたが、家光公の勘気を蒙《こうむ》り出仕《しゅっし》差し止めとなり、謹慎中の身と聞いている。

しかしその実は、謀反《むほん》の芽を逸早《いちはや》く摘《つ》まんがため、土井大炊殿よりの密命を受けておったのであろう。伊豆守はそう思った。

「ふむ。然《しか》らば浪人どもは、どうやって懸賞金を受け取ればよいのじゃ？」

彦左衛門が首を傾《かし》げる。

「楠不伝からは誰も受け取らぬ」

但馬守が言った。そして伊豆守に眼を向け、

「そうで御座ろう？」

「いかにも」

伊豆守は言った。

「楠不伝の名は、世に知らしめるための看板に御座る。実際は、御公儀が用立てたる一万両にて腕の立つ浪人衆を傭《やと》う」

「なるほど、ようやく腑《ふ》に落ちたわ……」

彦左衛門が言った。

「浪人どもを決起させせんがためではなく、御公儀の策略を覆い隠すための、賞金首であり楠不伝で御座ったか……」

「然《しか》らば、早々に刺客《せっかく》の集団を揃えねばなりますまい」

但馬守が言った。

「江戸柳生の門人では顔が知られておる虞《おそ》れも御座るゆえ、尾張《おわり》柳生の門弟を二、三十、直ちに遣わしましょうぞ」

但馬守の甥で新陰流三世を継いだ柳生兵庫助利厳《ひょうごのすけとしよし》は尾張徳川家に仕え、家康公の九男である藩主義直《よしなお》の兵法指南役を務めている。

「いや、江戸に不案内な者では上手くはゆかぬ」

彦左衛門が言った。

「それに第一、誰も河合又五郎の顔を知らんでは話になるまい？」

「では、いかがせよと？」

伊豆守は老人に訊ねた。

「旗本肝煎《きもいり》たる身としては、兼松奴《め》に味方してやりたき心情には御座るが……」

彦左衛門は言った。旗本肝煎とは、旗本衆の代表格といった立場である。

「神君ご悲願のためとあらば、致し方あるまい」

と莞爾《にっこり》笑い、

「まさに、最適《うってつけ》と言える者どもを用意してご覧に入れる」

そう言った。

四

「申し上げますッ」

若党が駆け込んできて声を上げた。

「駿河台《するがだい》の御大《おんたい》がお見えで御座いますッ」

「なに？」

兼松又四郎が声を漏らした。

「そろそろ御老体にご出座願わねばと思っておったところ、向こうからお出《い》で下されたか……」

又四郎の居室に顔を揃えている安藤治右衛門、阿部四郎五郎、久世三四郎、近藤登之助《こんどうのぼりのすけ》、坂部《さかべ》三十郎《さんじゅうろう》らに言った。

「すぐにお通し申せ」

そう若党に告げると、

「御老体も、血が騒いでおるのかな」

と笑顔を浮かべる。

兼松邸には百を超える数の若年の旗本や部屋住みの次男坊三男坊が詰めかけ、いざ備前池田と一戦交えん、と鼻息荒く、毎晩酒盛りを繰り返していた。庭には明々《あかあか》と篝火《かがりび》が焚《た》かれ、広大な敷地内は三十二名の傭われ浪人どもが八名ずつ交代で巡回している。

ほどなくやってきた大久保彦左衛門を、威儀《いぎ》を正した一同が迎えた。

「これはこれは御老体、わざわざのお越し恐縮に御座る」

又四郎が頭を下げる。

「これ又四郎、お前は些《ち》と心得違いをしておるぞ」

上座に座り込んだ彦左衛門は言った。

「……と申されますと?」

「お主らは、本当に備前侍《ざむらい》どもが攻め込んでくると思うておるのか?」

と彦左衛門が一同の顔を見回す。

「まさか軍勢を寄越しは致しますまいが、跳ねっ返りの若侍の二十や三十は、襲ってくるものと心得ますが……」

安藤治右衛門が言った。

「この備えでは、遺漏《いろう》が御座りましょうか?」

「お主らは、この先の展開《なりゆき》をどう考えておるのか、と訊いておるのじゃ」

彦左衛門は言った。

「御公儀が、この事態を捨て置くと思うのか？」

「たしかに、未《いま》だに備前池田側が攻めて来ぬのは、御公儀よりの強い圧がかかっておるゆえかと心得ます」

年長の阿部四郎五郎が言った。

「いずれ御公儀より、詮議のため河合又五郎を引き渡せ、と命ぜられるに相違なく」

「うむ」

彦左衛門は言った。

「その先は？」

「御公儀の手で又五郎を誅《ちゅう》し、病死と公表致すのでは御座るまいか？」

四郎五郎が言った。

「然《さ》すればもはや池田側には襲う相手がおらず、旗本側にも護るべき者がおらず、事態は沈静化に向かいましょう」

「ならば半左衛門はどうする？」

彦左衛門は言った。

「むざと半左衛門を奪われたというのに、お主が池田の立場であれば、それで矛《ほこ》を収められるとでも申すのか？」

「…………」

四郎五郎は沈黙した。

「それでは池田の側に、旗本への遺恨だけが残る。向こうは七人も死んでおるのじゃ」

彦左衛門は一同を見回して言った。

「もはや問題は河合又五郎ではない。お主らが池田を欺《あざむ》いて河合半左衛門を奪った。そのせいで家来の寺西何某《なにがし》が無念のあまり立ち腹を切った。そのことが問題になっておる」

「欺いてはおり申さん」

又四郎の言葉を彦左衛門が斬り棄てる。

「いや、お前らは、あとで言いわけが立つように欺いただけのこと」

「…………」

「宮内少輔は河合又五郎の首が奪《と》れぬとなれば、兼松又四郎か安藤治右衛門か、そのいずれかの首を奪《と》るまで諦めはせん」

「しかし、池田側も動けますまい」

久世三四郎が言った。

「ならば池田にできることは？」

彦左衛門が問う。

「金で、外の人間を傭う？」

近藤登之助が言った。

「誰を？」

彦左衛門が問う。

「浪人者か……」

坂部三十郎が言った。

「そうなったとき、危《あや》ぶむべきは？」

彦左衛門が問う。一同が、一斉に庭を振り返った。

「左様。金で傭われておる者は、いつ金で寝返らんとも限らぬ」

「………」

一同声を失っていた。

「宮内少輔は金に糸目はつけん。何万両でも注《つ》ぎ込むじゃろうて」

彦左衛門は笑みを浮かべた。

「屋敷の中に置いておる、三十余名の腕に覚えの浪人どもが敵となって襲って参れば、お主らは一溜《ひとた》まりもあるまい？」

「たしかに……」

治右衛門が悔しげな声を漏らした。

「浪人どもは全員解雇致せ。馳《は》せ参じた小童《こわっぱ》らに酒を呑ませておる場合ではないぞ。これからは旗本だけの力で闘いに備えねばならぬ」

彦左衛門は言った。

「はッ」

又四郎が応える。

「よし、儂《わし》が全旗本の家から、選《え》りすぐりの剣の達者の次男坊三男坊を揃えてやろう」

旗本の次男坊三男坊には、暇を持て余しているだけに有り余る時間を剣の修行や学問の習得に充《あ》てている者も少なくない。それによって養子や仕官の口にありつかんと熱心に打ち込むため、嫡男よりも優れた人材が数多く眠っていたのである。

多くの旗本からの尊崇《そんすう》を集め、旗本肝煎と呼ばれる大久保彦左衛門がひと声かければ、五千を超える数の旗本の家から武芸に秀でた者を集めるのも容易なことと思われた。

「御老体、忝《かたじけの》う御座いますッ」

又四郎の声とともに、一同が深く頭《こうべ》を垂れた。


「御前《ごぜん》、些《ち》とよろしゅう御座いましょうか？」

夜も更けて、一人になった又四郎が酒を呑んでいると障子の外から声がかかった。又五郎の声だった。

「入れ」

又四郎の声に障子が開き、蒼ざめた顔の又五郎が入ってくる。

「どうした？」

又四郎が訝《いぶか》しげに訊ねる。

「父半左衛門が……」

又四郎の前に端座した又五郎が言った。

「お庭先にて腹を召しまして御座います」

「なにッ？」

又四郎が息を吞む。

「某《それがし》が、介錯仕《つかまつ》りました」

十七歳の若者が声を詰まらせた。

「な、なにゆえじゃ？」

又四郎は険しい眼で盃を置いた。

「……俺に、迷惑がかかる、とでも申したか？」

「は……」

又五郎は両手を支《つか》えて頭を下げた。

「兼松様のご厚情にて、二度と見《まみ》えることあるまいと思われた我ら親子が再会を果たし、別れのときを充分に過ごすこと叶い申した。斯《か》く上で生き永らえるは兼松様の御為《おため》にならず、ご厚誼《こうぎ》に報《むく》いんがためと潔《いさぎよ》く一命を絶《た》ちまして御座います」

「…………」

「どうかこの首を、高崎安藤家にお届け下さいますよう、と言い残しておりまする」

又五郎の両眼に涙が溢れた。

「ふむ」

又四郎が姿勢《いずまい》を正して、

「お前の親父《おやじ》殿は、適《あっぱ》れな武士《もののふ》よの……」

「……………」

又五郎は無言で平伏したままだった。すぐに又四郎が若党を呼んで、半左衛門の亡骸《なきがら》を懇《ねんご》ろに葬るべく指示を与えた。

「某《それがし》も、そろそろ腹を切りとう存じます」

若党が下がると又五郎が言った。

「ならぬ」

又四郎は言った。

「お前は俺の家来じゃ。自儘《じまま》は許さん」

「お陰にて、我ら河合親子の面目《めんぼく》は立ち申した」

又五郎がまた頭を下げる。

「我らを軽んじておった備前池田の家中にも、充分に伝わっておることに御座りましょう」

「うむ、もはや河合又五郎の名は、日本《ひのもと》中に知れ渡っておろう」

「畏《おそ》れながら、喧嘩は退き際《ひぎわ》が肝心《かんじん》かと心得ます」

「……………」

「いまがその、退き際かと……」

「お前が自裁致さば、敵は俺の首を狙ってくる」

「！」

「事はすでに、そこまで至っておるのじゃ。お前が死んでもなにも変わりはせぬ。ただの犬死《いぬじに》と相《あい》なろう」

「しかし……」

「俺とお前は一蓮托生《いちれんたくしょう》。ともに生きるか、ともに死ぬかの二つに一つ。死なば諸共《もろとも》と心得よ」

「………」

又五郎には言葉がなかった。

「どうした？　俺がともに死んでやると申しておるのだぞ」

又四郎が皮肉な笑みを浮かべた。

「それとも、俺では不足か？」

「御前……」

又五郎の声が震えた。その両眼から涙が零《こぼ》れた。

「だがな、俺はたかが備前池田との喧嘩如きで、そう易々《やすやす》とくたばるつもりはない」

又四郎は言った。

「どこまでも、図太く生き延びてやるつもりよ」

「え……？」

又五郎が顔を上げる。

「どうだ？　そんな俺の姿を、傍《そば》で見ていとうはないか？」

又四郎の言葉に、又五郎は微かな笑みを浮かべた。

「それは見とう御座います」

「ならば黙ってついて来い」

又四郎は不敵な笑みで盃を挙げた。

五

「かなり参っておるな……」

神崎彦六が言った。かよを見舞ったあとに誠一郎の住居《すまい》に上がり込んでいる。

「うむ」

誠一郎はそれだけ応えた。

「随分と窶《やつ》れておってな、あれでは折角《せっかく》の美しきお顔が台無しじゃ」

彦六がため息をつく。

「こうなれば愚図愚図《ぐずぐず》してはおられん。一刻も早う竹蔵の仇《かたき》を取ってやらんと手遅れになってしまうぞ」

彦六は、本気でかよに惚れているのかも知れない。誠一郎はそう思った。

「なにか、安藤源次郎を誘《おび》き出す良い手はないか？」

誠一郎は言った。

「ふむ。選《よ》りにも選《よ》って兼松屋敷に詰めておるとはのう……」

彦六は、思案投げ首、といった態《てい》だった。

「余程のことでもなければ、いま兼松屋敷を離れはすまい」

「余程のこととは？」

「それはまぁ、親が死ぬとか、兄貴が死ぬとか……」

「いくらなんでも、源次郎を誘《おび》き出すために身内を斬る、などという真似はできんぞ」

「そりゃそうだ」

「なにかないのか？」

「いま考えておる」

「お主は剣の腕はからきしだが、それを補って余りある知恵と人脈がある、と申しておったではないか」

「それは嘘ではない。だがこれは、そう容易《たやす》きことではないでな……」

「お主のお蔭で源次郎が討てた、となれば、かよ殿のお主を見る目も格段に違うてこよう」

「うむ……」

彦六が振り絞るような声を出した。

「偽《にせ》手紙しかなかろう」

「それくらいは誰にでもわかる。なんと書くかだ」

「例えば中間の源七からの手紙でな……」

「ほう」

「竹蔵の亡骸《なきがら》を届けた折にお供致した若党が、四人とも斬られて死んでおるのが見つかりまして御座います。例の市岡という浪人者の仕業《しわざ》ではと案じられ、至急ご相談致したく……」

「…………」

「ってなことで、兼松屋敷の近くの寺の境内《けいだい》にでも呼び出す」

「源七ならば、手紙ではなく直接兼松屋敷を訪《たず》ねよう」

「そうか、……じゃあ源次郎の伯父の、なんとかいう旗本の……」

「榊原采女」

「そうそう、その采女からの手紙で、当家の若党四人が斬られた。至急我が屋敷に参って説明を致せ、というような……」

「それで、采女の屋敷に着くまでに斬れと言うのか？」

「まぁ、そうなる」

「その采女も、兼松屋敷に詰めておったらどうする？」

「それは拙《まず》いな……」

「そうでなくとも、采女の屋敷がどこにあるのか知らぬが、兼松屋敷の近くならばその周辺には備前池田を警戒しての見張りが大勢立っていよう」

誠一郎は言った。

「遠ければ遠かったで、馬で駆けて行かれでもしたら手も足も出んぞ」

「うーん……」

彦六は腕を組んで眉間に皺《しわ》を立てた。そのとき表戸を叩く音がした。若い武士の声で、

「御免、市岡誠一郎殿のお住居《すまい》はこちらか？」

「ん？」

彦六が誠一郎を見る。誠一郎は首を横に振った。厨《くりや》から出てきたふみを掌《て》で制して自ら表戸を開けに起つ。

「某《それがし》が市岡誠一郎で御座るが……」

「おお、元美濃徳永家御家中、市岡誠一郎殿に御座るか？」

大名か旗本の家中の者と思しき服装《いでたち》をした男が言った。

「いかにも」

「初めて御意を得申す。拙者は柳生但馬守家来相良《さがら》直次郎《なおじろう》と申す者に御座る」

「柳生？」

「当家主人但馬守より、あす四ツ、木挽町《こびきちょう》柳生屋敷までお越し下されたいとの御諚《ごじょう》に御座る」

「はて、なにゆえで御座ろうか？」

「お出で願えぬのであればお忘れ下され」

「………」

「お出でいただけたならば、その折に仔細をお話し致すで御座ろう。……いかがかな？」

「承知致した。あす四ツ必ず伺《うかが》おう」

「これは忝《かたじけの》う御座る。それでは拙者はこれにて、御免」

男はそのまま背を向けて去っていった。

「なんだ？　柳生、とか聞こえたぞ」

誠一郎が戻ると彦六が言った。

「柳生家からの呼び出しだ。あす木挽町の屋敷に来い、とな……」

誠一郎は肩をすくめた。

「なんで？」

「知らん」

「もしかして、お前が斬った桐山八郎兵衛は但馬守の弟子で、流派の恥辱を雪《そそ》がんッ、なんてえことを言って、大勢でお前を打斬《ぶったぎ》ろうってんじゃねえのか？」

「いや、桐山氏《うじ》の太刀筋《たちすじ》は新陰流ではない。おそらく中条《ちゅうじょう》流の系統だろう」

「なんにしろ、いい話のはずがない」

「うむ」

「行くのか？」

「行ってみるしかあるまい」

誠一郎はため息をついた。

八丁堀にかかる京橋を渡り、紀伊《きい》大納言家の蔵屋敷を過ぎてしばらく進んだ先に柳生但馬守の上屋敷はあった。

この日柳生屋敷に呼ばれたのは誠一郎だけではなく、浪人態《てい》の者が続々と門の潜り戸を通ってゆくのが見える。その中にはいくつか見覚えのある顔があった。

兼松屋敷に傭われた連中だ。誠一郎はすぐにそう気づいた。

屋敷の離れの広い道場に通され、板の間に並んで座る。集められた三十名を超える剣客は、皆一様に訝《いぶか》しげな面持ちで座っていた。誠一郎同様なにも聞かされていないのだろう。

やがて稽古着姿の若い武士が一人入ってきて、床の間を背にして端座した。

「本日はご参集いただき忝《かたじけの》う御座る」

堂々たる声音で言った二十三、四と思しきその男は、ずっと左眼を閉じたままだった。

「ご貴殿らは皆、河合又五郎の顔を知る者と承《うけたまわ》っており申すが、お間違い御座るまいか？」

眠たげに見えるほどに薄く開いた右眼には、見る者を威圧せずには置かぬ力があった。

これが但馬守の嫡男、柳生十兵衛か……。誠一郎は両の腕が粟《あわ》立つのを感じた。

「ご貴殿らにお越し願ったは余《よ》の儀《ぎ》には御座らぬ」

十兵衛が言った。

「河合又五郎の首に、一万両の賞金が懸《かか》り申した」

十兵衛を除く全ての者が息を呑む。道場内は水を打ったように静まり返った。

「遠からず、巷《ちまた》に溢れる浪人者を扇動《せんどう》して幕府転覆の端緒《たんちょ》に致さんとする、楠不伝なる軍学者の檄文《げきぶん》が世を騒がせる事態と相《あい》なろうが、それは表向きのこと」

十兵衛は言った。

「その実は、御公儀が用立てたる一万両を、ご貴殿らのみに遣わせられる」

「我らに、河合又五郎を斬れと申されるかッ？」

浪人の一人が声を上げげた。

「昨日まで、一命を賭して警護致しておった河合氏《うじ》に、大金に靡《なび》いて刃《やいば》を向けるが如きは、武士としてその意を得ぬッ」

「おう！」と賛意を示す声が二、三上がった。

「そう思われる御仁は、いますぐお引取りいただいて構わぬ」

十兵衛は平然と言った。

「そのまま兼松屋敷に注進に及ばれても苦しゅうは御座らん」

暫《しば》しの沈黙の時が流れた。だが、誰も座を起とうとはしなかった。

「どのみち河合又五郎は死ぬ」

十兵衛は言った。

「誰が斬るにせよ、あるいは自裁致すにせよ、その命長くは御座らん」

それは誰にでもわかっていることだった。

「ならば将軍家のために働き、外様と旗本の争いを鎮めるもまた、武士の道では御座らぬか？」

それに言葉を返す者は一人もなかった。

「この場の三十三名にて力を合わせて事に当たり、三百両ずつ分け合うもよし」

十兵衛は続けた。

「十名の隊を三隊作って互いに競い合い、先んじた隊の者が千両ずつ分けるもよし」

徐々にざわめきが拡がってゆく。

「全員で競い合うて、ただ一人が一万両を手に入れるもよし」

それは、浪人同士で殺し合え、と言うに等しかった。

「どの様《よう》になされるかは、ご貴殿ら次第で御座る。存分に話し合われるがよかろう」

十兵衛は、懐から一通の書状を取り出して掲げた。

「ここに、御公儀筆頭年寄土井大炊頭殿直筆《じきひつ》の書状が御座る」

一同が沈黙して書状に眼を注ぐ。

「この書状に従い、いかなる場合であろうとも、河合又五郎の首を持参致したる者に当柳生家が責任を持って一万両をお渡し仕《つかまつ》る」

この言葉を疑う者は一人もおるまい。誠一郎はそう思った。

「澤部《さわべ》弥《や》十郎《じゅうろう》殿、矢嶋《やじま》平蔵《へいぞう》殿、市岡誠一郎殿」

突如名を呼ばれて、誠一郎はハッと顔を上げた。

「このお三方には些《いささ》か問い質《ただ》したき儀が御座るゆえ、別室までご同道《どうどう》願いたい」

そう言って十兵衛が起ち上がる。

「他のご一同は、暫《しば》しご相談致されるがよろしかろう」

背を向けて歩き出した十兵衛を追って、誠一郎他二名が起ち上がった。

「澤部弥十郎に御座る」

道場脇の小部屋で十兵衛と向かい合って座ると、三十代半ばと思しき穏やかな顔立ちの大柄な男が言った。

「矢嶋平蔵に御座る」

続けて四十代半ばと思しき鋭い顔つきの痩せた男が言った。

「市岡誠一郎に御座る」

誠一郎もそう言うしかなかった。

「お三方に問い質したき儀があると言うたは方便《ほうべん》で御座る」

十兵衛は言った。

「旗本各家より兼松方に推挙されたる剣客については、当方にて些《いささ》かお調べ申したが、戦《いくさ》以外で人を斬ったことのある者はそうはおらぬ。その中で、お三方の経歴は群を抜いておられた」

と傍《かたわ》らの帳面を手に取ると、

「澤部弥十郎殿、上総《かずさ》大多喜《おおたき》藩青山《あおやま》家御家中にて野伏《のぶし》掃討を仰せつかる。二度の出撃において、合わせて十一名を討つ」

弥十郎が無言で頷く。

「矢嶋平蔵殿、出羽山形藩《でわやまがた》最上《もがみ》家御家中にて御家《おいえ》騒動に際し、対立せし一派の臣八名を討つ」

「表に出ておらぬものも含めれば、もう少々斬って御座る」

平蔵が素っ気なく言った。

「市岡誠一郎殿、美濃高須藩徳永家御家中にて主命により二名の臣を上意討ち仕《つかまつ》る。そののち討たれし二名の遺族による報復の襲撃を受け、九名を返り討ちに致し候《そうろう》」

「一度に斬ったわけでは御座らん。何度も襲われましたゆえ……」

誠一郎はそう応えた。

「斯様《かよう》に場数を踏んでおられる貴殿らに、お訊ねしたきことが御座ってな……」

十兵衛の隻眼が三人を見据えた。

「さて、一万両をどうされたい？」

六

「某《それがし》は、兼松邸に傭われてはおり申さん」

誠一郎は言った。

「なにゆえ某《それがし》が呼ばれておるので御座ろうか？」

「ならば逆にお訊ね申す」

十兵衛が言った。

「なにゆえ兼松の誘いを蹴られた？」

「それは、兼松殿の下で働く気が起きませなんだゆえ……」

誠一郎はそう応えた。嫁の望まぬ仕事だから、などと言う必要はない。

「左様か……」

十兵衛は頷き、

「そういう御仁こそ、此度《こたび》の仕事に向いておるのでは御座るまいかな？」

「………」

「この仕事も気に喰わぬというのなら、お引取りいただくはご随意《ずいい》に……」

「いや」

誠一郎は、一万両という金にも、外様と旗本の諍《いさか》いを鎮めるという大義にも、心を動かされはしなかった。

だが、河合又五郎襲撃隊に加わる他に、安藤源次郎を討つ機会は訪れぬのではないか、そんな気がしていた。

「ふと気になったことをお訊ねしたまでのこと。お忘れ下され」

「拙者は、警護のために金で傭われておったとは申せども、金が欲しさに人を斬る、などという賤《いや》しき行いをしとうは御座らぬ」

澤部弥十郎が言った。

「然《さ》れど、一廉《ひとかど》の武士として先祖代々の澤部の家を立てるという悲願が御座るゆえ、此度《こたび》の件で手柄を立てた暁《あかつき》には、報奨として金ではなく御直参としてお取立ていただく、というわけには参らぬので御座ろうか？」

「それは身共《みども》の与《あずか》り知らぬこと」

十兵衛が言った。

「ただ、此度《こたび》の件で手柄を立てるというは、多くの旗本を斬った、ということでは御座らぬか？　左様な者を旗本に取立てるとは考え難《にく》う御座るが」

「ふむ……」

弥十郎はそのまま押し黙った。

「某《それがし》は、金のために人を斬ることを厭《いと》いは致さん」

矢嶋平蔵が言った。

「それゆえに、一万両などという絵に描いた餅《もち》ではなく、掌《てのひら》に載る餅《もち》が欲しゅう御座る」

「ほう」

十兵衛が平蔵に右眼を据える。

「で？」

「仮に某《それがし》が多くの警護の士を斬ったとしても、その隙に河合又五郎の首は他の誰ぞに奪われるやも知れず、それで只《ただ》働きでは引き合わぬ」

平蔵は続けた。

「怪我を負うやも知れず、命を落とさんとも限らぬ。まずは確実な報酬を賜《たまわ》りとう御座る」

「ならば、いかに致せと？」

「まずは我ら一人一人《びとり》に手当として百五十両ずつを下しおかれ、河合又五郎の首を奪《と》った者には報奨金として五千両を賜《たまわ》る。……こんなところで御座ろうかな？」

「ふむ、たしかに一理ある」

十兵衛が言った。

「しかし百五十両に満足致し、手当だけ受け取ってなにもせぬという者が出ては参らぬかな？」

「それはそれで構わぬのでは御座らぬか？　某《それがし》にとっては、競い合う者の数が減るだけのことで御座る」

平蔵は言った。

「どうせ左様な者は、襲撃に加担したとて物の役には立たぬ。百五十両は口止め料としてくれて遣ればよろしかろう。まずは足手纏《まと》いとなる者を減らすが肝要かと存ずる」

「ふむ」

十兵衛が黙り込む。

「一つ、お訊ねしてもよろしいか？」

誠一郎は十兵衛に言った。

「ん？」

十兵衛が誠一郎に眼を向ける。

「御公儀は、本気で我らに河合又五郎を討たせるつもりはおありかな？」

誠一郎の問いに十兵衛が怪訝な顔を見せた。

「本気で、とは？」

「河合又五郎の命が望みならば、御公儀にとっては造作も御座らん。御公儀の手で召し捕って、首を刎《は》ねればよいだけのこと。則《すなわ》ち狙いが又五郎の命に非《あら》ざるは明白」

「いかにも」

「浪人勢が河合又五郎を襲うことで、外様と旗本とを争わせぬように致すのが目的ならば、何度襲っても又五郎を討てぬという状況こそが望まれておるのではなかろうか？」

誠一郎は正直な疑問をぶつけた。

「外様と旗本と浪人勢が三つ巴《どもえ》となり、三竦《さんすく》みの状態が続くことを御公儀は目論《もくろ》んでおられるのではは御座らぬかな？」

「いや、それは違う」

十兵衛は言った。

「その点は幕閣においてもご協議なされた由承《よしうけたまわ》っておるが、浪人勢が参戦致した上は速やかに事を果たさねば、外様が浪人勢に遅れを取ってはなるまじと、功を焦って暴挙に出る虞《おそ》れあり、とのご判断に御座る」

「それならば、御公儀の力で速やかに討てるよう計《はか》らっていただかねばなり申さん」

誠一郎は言った。

「兼松屋敷の中の又五郎を弓、槍、鉄砲を整えた旗本衆が十重《とえ》二十重《はたえ》に囲んでおれば、到底討つことなど適《かな》いますまい」

「無論のこと」

十兵衛は言った。

「近く、河合又五郎を兼松屋敷から出さざるを得ぬように仕向ける、との由《よし》に御座る」

「左様なこととなれば、話は違って参るぞ」

平蔵が言った。

「屋敷の外で狙えるのであれば襲撃隊は数が多いほどよい。先ほど、まずは一人一人《ひとり》に百五十両ずつを、と申したのは撤回致す」

この、矢嶋平蔵という男は、どうせ河合又五郎を討つことはできぬ、と考えていたのではないか、誠一郎はそう思った。

どうせ討てずに一万両が、絵に描いた餅《もち》、となるのなら、せめて百五十両を先にもらってなにもせぬほうがよい。そう考えたのだろう。

しかし、御公儀が又五郎を討てる状況を作ってくれるのなら、多くの者に一万両を分け与えるのは勿体《もったい》ない。そう思い直したのではないだろうか。

「然《しか》らば改めて、各々方《おのおのがた》はいかになされたい？」

十兵衛が言った。

「拙者は、全員で事に当たり、成し遂げたのちに生き残った者で均等に金を分けるが至当《しとう》なり、と存ずる」

弥十郎が言った。十兵衛は頷き、

「矢嶋氏《うじ》は？」

「某《それがし》は、少人数の隊を数多く作り、互いに一万両を競い合うがよろしかろうかと存ずる」

平蔵はそう応えた。

「市岡氏《うじ》は？」

「某《それがし》は、組みたい者は組み、組みたくない者は各々《おのおの》で事に当たるがよきかと……」

誠一郎はそう言った。

下手に隊を組むこととなれば、それぞれ持ち場を決められて、好き勝手に安藤源次郎を求めて動き回ることができなくなる虞《おそ》れがあるからだ。

「ふむ。考えは揃わぬか……」

十兵衛は言った。

「では、元の場にお戻りいただこう」


「さてご一同、衆議は決せられたで御座ろうか？」

道場の床の間を背にして座ると十兵衛が言った。

「いや……」

前のほうに座る一人が声を出した。

「各々《おのおの》考えに隔《へだ》たりが御座るゆえ、一つに纏《まと》めるは難しいかと存ずる」

「この先談合を続けても、纏めることは適《かな》わぬかの？」

十兵衛の問いかけに、多くの者が頷きを返した。

「然《しか》らば、全員で力を合わせて事に当たることはでき申さぬ」

十兵衛は言った。

「考えの合う者同士が組み、合わぬ者は各々《おのおの》で、河合又五郎の首を狙い、一万両を競う。……ということでよろしゅう御座るな？」

誰も異を唱える者はなかった。

「では、身共《みども》はこれにて……」

十兵衛は起ち上がると、そのまま道場を出ていった。直ちに脇に控えていた若党が起ち上がり細々《こまごま》とした説明を始める。

日本橋、神田、牛込の三ヵ所に屯所《とんしょ》を設けること。屯所には常に若党が待機していて、密偵によって齎《もたら》された新たな情報は逐一《ちくいち》知ることができることなどがわかった。さらに連絡役の五名の中間、小者が紹介され、その日は散会となった。

「お三方にお訊ね申す」

すぐに五人の男が近づいてきて、先頭の一人が言った。

「我ら十名ほどの隊を組もうと考えておるが、どなたか参加される方はおられぬか？」

「折角《せっかく》のお誘いでは御座れども、某《それがし》別の考えが御座るゆえ……」

誠一郎はそう応えた。

「拙者は、いま少し考えとう御座る」

弥十郎はそう言った。

「某《それがし》は、より少人数の隊を考えておってな……」

平蔵は言った。

「左様か、では気が変わられたらいつでもお声掛け下されい」

それで五人は去っていった。

「さて……」

平蔵が、誠一郎と弥十郎に眼を向けた。道場の中にはもう殆《ほとん》ど人が残っていない。

「いっそのこと、我ら三人で組まぬか？」

「………」

誠一郎は、平蔵が十兵衛に、少人数の隊を、と言ったときから、そのうちにこれを言い出すのではないか、と思っていた。

「俺はな、又五郎の首を奪《と》ることができるとすれば、この三人の誰かだと思うておる」

平蔵が言った。

「他の二人に先を越されては、なぞと気に病むくらいなら、三人でともに行動致したほうが気楽では御座らぬか？」

「ふむ」

弥十郎が頷く。

「それも尤《もっと》もな話で御座るな」

「それに、そのほうがずっと一万両に近づく」

平蔵が続けた。

「三人の誰が又五郎を仕留めようとも、一万両は三で分ける、というのはいかがかな？」

「拙者は、人に指図するのに向いておらんのでな……」

弥十郎が言った。

「自らが音頭《おんど》を取って隊を組むことなど到底できはせぬが、然《さ》りとて頼りにならぬ者の隊に組み込まれるのも迷惑至極《しごく》。それゆえに全員で事に当たるが至当と申したが、それが適《かな》わぬとなれば矢嶋氏《うじ》の誘いに否《いな》やは御座らん」

その言葉に平蔵が笑みを見せる。

「では市岡氏《うじ》は？」

誠一郎の応えは決まっていた。

「某《それがし》も、否《いな》やは御座らん」

独りで動くよりは、三人のほうがなにかと利があるように思えた。

第四章

浪人　市岡誠一郎

一万両ノ首
鍵屋ノ辻
始末異聞

一

江戸城内本丸御殿黒書院西湖之間に、松平伊豆守信綱、柳生但馬守宗矩、大久保彦左衛門忠教の三名が再び顔を揃えていた。

「兼松屋敷に傭われておった三十二名に、兼松の誘いを蹴った一名を加えた総勢三十三名の浪人どもが、一万両を求めて河合又五郎襲撃に加担致すこととなり申した」

但馬守が言った。

「斯《か》くなる上は、一刻も早く河合又五郎を討てる舞台を整えねばなりますまい」

「河合半左衛門が、腹を切ったそうじゃな？」

彦左衛門が言った。

「兼松又四郎は、喧嘩のやり様《よう》を知っておるのう」

「左様」

伊豆守は言った。

「これでは備前池田の御出入り衆である阿部四郎五郎と久世三四郎の両名、並びに池田の頼みを安請合《やすうけあ》いして果たせなんだ安藤治右衛門を咎《とが》めることはできても、当初より態度を変えておらぬ兼松奴《め》を咎める筋が御座らぬ」

「では、備前池田はどうしておる？」

彦左衛門が伊豆守に訊ねる。

「楠不伝の檄文が世に出る前に暴発されては、元も子もないでな……」

「幕閣の意を受けて、天海《てんかい》僧正が備前岡山に向かっておるところで御座る」

伊豆守は言った。

上野東叡山寛永寺開山の祖である南光坊《なんこうぼう》天海は、家康公、秀忠公、家光公と三代の将軍からの篤《あつ》き信頼を得て、諸大名からも大いなる尊崇を集める人物であった。

「おそらく備州殿の説得は不調に終わりましょうが、天海僧正との会談が済むまでは備前池田も動けますまい」

「うむ。然《しか》らばいかにして河合又五郎を外に出す？」

彦左衛門が言った。

「御公儀が捕縛《ほばく》致すというわけには参るまい。浪人どもに御公儀の一行を襲わせるが如きは我らの目指すところでは御座らん」

「左様。旗本の手で、何処《いずこ》かへ移させねばなり申さん」

伊豆守が言った。

「中立の立場の大名家へお預け、との沙汰を下すが妥当かと心得まするが……」

「しかし、中立と申しても難しゅう御座るぞ」

但馬守が言った。

「譜代の大名家は旗本の味方も同然。外様の側の反発は必至で御座る。然《さ》りとて、池田家と疎遠であったとしても外様の大名家では、旗本の側が応じますまい」

「斯《か》といって……」

伊豆守が呟《つぶや》きを漏らした。

「将軍家ご親戚である御三家や親藩を、襲撃の的と致すわけには参らぬ」

「よろしい。儂《わし》が引き受けよう」

彦左衛門が言った。

「旗本肝煎大久保彦左衛門にお預け、との御沙汰であれば兼松らも嫌とは言えまい。備前池田も御公儀が河合又五郎を兼松から取り上げた、となれば、いくらか増《まし》というもので御座ろう？」

「ならば、我が柳生家が……」

但馬守が言った。

「いや、それはなるまい」

彦左衛門が言った。

「浪人勢を傭った尊公が、浪人勢と戦うわけにも参るまい？　斯《か》といって河合又五郎を討たせては、武をもって鳴る柳生家の恥辱と相《あい》なろう」

「………」

「ゆえに、儂《わし》が引き受ける、と申しておるのじゃ」

「三番町兼松屋敷を立ち出でた河合又五郎を……」

伊豆守は言った。

「駿河台の御老体の屋敷に着くまでのあいだに討ち果たすこと叶いましょうや？」

「途中、九《く》段《だん》坂の脇に牛《うし》ケ淵《ふち》が御座ろう？」

彦左衛門が笑みを浮かべる。

「お堀と木立ちの他にはなにもなく、恐ろしく寂しげな処《ところ》で御座ってな、大勢での待ち伏せにはまさに最《うって》適《つけ》の場所と申せよう」

「なるほど……」

「なんとしてもそこで討たねば、次は御老体の屋敷が標的となる」

伊豆守が頷く。

但馬守が言った。

「多くの旗本が応援に馳《は》せ参じ、兼松屋敷と同じことが繰り返されましょう」

「なあに、そうなればこの彦左衛門が又五郎の首を刎《は》ね、浪人どもに討たれたことに致そうではないか」

彦左衛門は莞爾《にっこり》と笑った。

「然《さ》すれば幕府御公金一万両の、節約になるというもので御座ろう？」

御公儀の使者より沙汰を受けた兼松又四郎は、駆けつけた同志と協議に入った。

兼松邸の書院には、いつものように安藤治右衛門、阿部四郎五郎、久世三四郎、近藤登之助、坂部三十郎らが顔を揃えている。さらに河合又五郎と、又五郎の警護隊長に任ぜられた治右衛門の弟、安藤源次郎も部屋の隅に控えていた。

「大久保の御老体へのお預けとなったか……」

四郎五郎が言った。

「屹度《てっきり》、池田一族と縁のない外様の小藩辺りを言ってくると思うておったが……」

「御老体ならば安心じゃ。我らに悪いようにはなさるまい」

三四郎が言った。

「いや、そうとばかりは言えぬ」

又四郎が険しい眼で言った。

「この屋敷で傭っておった浪人どもを全員解雇せよ、と言われた御老体の言葉は、いかにも尤《もっと》もな理屈であった。だが、それだけではないような気がしてならんのでな……」

「ん？　どういうことじゃ？」

三十郎が訝《いぶか》しむ。

「又五郎を討つために浪人者を傭おうとする側にしてみれば、あの者らほど刺客《せっかく》に適した連中は他におるまい？」

又四郎は言った。

「全員が腕が立ち、全員が又五郎の顔を知っておる」

「たしかに……」

治右衛門が呻《うめ》くように言った。他の一同も息を呑んで頷く。

「御老体の指図で浪人どもを解雇致した途端……」

登之助が口を開く。

「今度は御老体へのお預けで、又五郎をこの屋敷から出さねばならぬことと相《あい》なった」

「だがなぁ……」

三四郎が首を傾《かし》げる。

「まさか同じ旗本である御老体が、我らの敵に廻ろうはずがなかろう？」

「御老体は敵ではない。だが、味方と思い込むは油断というもの」

又四郎は言った。

「神君家康公の麾下《きか》、長篠《ながしの》の合戦前夜に鳶《とび》ノ巣《す》文殊山《もんじゅやま》にて十六歳で初陣を飾って以来、掃いて捨てるほどの武勲を挙げられた御老体と、我ら若手の旗本とでは立場が違う」

一同が頷く。

「我らには我らの正義があり、御老体には御老体なりの正義があろう。怨みごとは言うまい」

又四郎は続けた。

「御公儀には従い、御老体にも逆らわぬ。然《さ》れど、我らとしてもでき得る限りの用心を講ずるに如《し》くは無し」

「うむ。我らを侮《あなど》ればいかなる事態と相《あい》なるか、御公儀に目にもの見せてくれよう」

治右衛門が笑みを浮かべた。

二

「さて、どう思う？」

誠一郎は言った。日本橋檜物町の市郎兵衛の家を、神崎彦六を伴って訪れていた。

「いやァ、とんでもなく面白え話で御座んすねえ……」

嬉しそうに市郎兵衛が言った。

「柳生十兵衛に大久保彦左衛門まで登場するなんざァ、芝居や浄瑠璃《じょうるり》でもこんなにぞくぞくする演目にゃァお目にかかれやせんや」

「真面目な話じゃ」

誠一郎は厳しい声を出した。

「こちらは命が懸かっておる」

「へえ、誠に相済《あい》みませんで御座います」

市郎兵衛は体裁《きまり》が悪そうに頭を下げた。

「いっそのこと、本気で一万両を奪《と》りにゆく、というのはどうだ？」

彦六が言った。

「分限《ぶげん》となれる斯様《かよう》な好機は、生涯二度とは訪れんぞ」

「俺は河合又五郎などどうでもよい。源次郎さえ討てればそれでよい」

誠一郎は言った。

「どうせお主に二割五分の分け前などないのじゃぞ。お主が持ってきた仕事ではないからな」

「そうは言っても、些《ち》ッとくれえのお零《こぼ》れはあってもいいんじゃねえのか？」

彦六は串戯《じょうだん》とも本気ともつかぬ口調で言った。誠一郎は鼻で笑い、

「まぁ、俺が源次郎を斬っておるあいだに、運良く仲間の二人が河合又五郎を斬ってくれれば、俺にも三千両の金が入ることになっておる。もしもそんなことがあれば、お主にも市郎兵衛親分にも千両ずつ分けて進ぜよう」

その言葉に彦六が顔を輝かせる。

「いやいや、俺《わっし》ゃァ金なんざァいただきやせん」

市郎兵衛は笑顔で言った。

「市岡様がご無事に本懐《ほんかい》を遂げられますよう精一杯《せいいっぺえ》務めさせてはいただきやすが、あとで詳しい話を聞かせて下さりゃァ、それが充分な褒美《ほうび》で御座んすよ」

「忝《かたじけな》い」

誠一郎は頭を下げた。

「兼松屋敷を出て、駿河台の大久保彦左衛門の屋敷に向かうとすりゃあ……」

彦六が言った。

「襲撃の場所はどの辺りになるんだ？」

「おそらく、牛ヶ淵で御座んしょうねえ」

市郎兵衛が応える。

「あの辺りはやたらと寂しい処《ところ》でしてね、夜ともなると盗人《ぬすっと》や追剝《おいは》ぎが出るってえ物騒な場所で御座んすからねえ……」

「だとすれば、旗本の側が素直にそこを通るかどうか……」

彦六が言った。

「兼松又四郎のことだ、なんらかの策を講じてこぬわけがなかろう」

「俺《わっし》が手下どもを使って、旗本屋敷の奉公人に探りを入れてみやしょう」

市郎兵衛が言った。

「堅く口止めをされてはおりやしょうが、顔馴染《なじみ》の連中から一杯《いっぺえ》呑まされりゃァ、案外べらべらしゃべっちまうもんで御座んすよ」

「そこに関しては、いずれ御公儀の密偵もなんぞ摑んでは参ろうが……」

誠一郎は言った。

「問題は、俺が源次郎を討ったのち、源次郎の首をどうするかだ」

「たしかに……」

彦六が呟《つぶや》きを漏らす。

「俺は源次郎の首をかよ殿に届けたい」

誠一郎は言った。

「だが敵の直中《ただなか》で、首を切り離して持ち歩く余裕などあるはずがなかろう？」

「………」

彦六が腕を組んで黙り込む。

「そいつは俺《わっし》に任せてやっておくんなさい」

市郎兵衛が言った。

「俺《わっし》が若《わけ》え者《もん》を五、六人連れて、市岡様のお近くに控《ひけ》えておりやす。ひと声かけていただきゃァ俺《わっし》らが飛び込んで、亡骸《おろく》の首を打斬《ぶったぎ》って首桶《くびおけ》に入れて、見事に逃げてご覧に入れやしょう」

「そいつは命懸けだぞ」

彦六が、信じられない、という面持ちで市郎兵衛を見る。

「なァに、ウチにゃァ恐《おっそ》ろしいほどの命知らずがゴロゴロしておりやすんでね、もしも市岡様に万一のときゃァ、及ばずながら助太刀《すけだち》させていただきやすで御座んす」

市郎兵衛は、ドン、と胸を叩いた。

「俺だ、開けろ」

ドンドン、と傍若無人に戸を叩く音に潜り戸を開けた兼松屋敷の門番は、つい先日解雇されたばかりの矢嶋平蔵の顔を見て、訝《いぶか》しげな表情を浮かべた。

「当家になに用で御座るか？」

「安藤源次郎を呼んでくれ」

平蔵はそう言った。


「おう、早かったな」

平蔵は、縄暖簾《なわのれん》の呑み屋に入ってきた源次郎に言った。

「すんなり出て来られたか？」

「ああ」

腰の刀を外して平蔵の向かいに腰を下ろした源次郎は言った。

「池田は当分は動けん。その隙に、駿河台の御老体の屋敷に移すことになった」

元々平蔵は、旗本安藤家の食客《しょっかく》だった男だ。腕を買われて、客分としての居候《いそうろう》という立場で安藤邸で寝起きをしていた。だから源次郎のことも半年前から知っている。兼松屋敷に傭われたのも、安藤家の推挙を受けてのことだった。

主家が潰れて浪人となった平蔵と、旗本の次男坊として生まれた源次郎は、ともに世を拗《す》ねた荒《すさ》んだ性格であったため、妙に馬が合う間柄となっていた。

平蔵は、自分のほうが二十も年上であるため相手が殿様の弟であろうと遠慮はしない。源次郎も、旗本の家の者として、年長の浪人者如きに敬意を払うことはなかった。

「知ってるよ」

平蔵は徳利《とっくり》を持ち上げて薄笑いを浮かべた。

「なに？」

源次郎の眼が訝《いぶか》しげに歪《ゆが》む。

「なにゆえお主が然様《さよう》なことを知っておる？」

「まぁ、一杯呑め」

平蔵は源次郎にぐい呑《のみ》を手渡し、酒を注《つ》いでやった。

「…………」

源次郎は無言のまま酒を呷《あお》った。

「おい、もう二、三本つけてくれ」

平蔵が声を擲《な》げると、店の奥から「へーい」と声が返った。

「実はな……」

声を潜《ひそ》めて平蔵は言った。

「河合又五郎の首に、御公儀が一万両の賞金を懸けた」

「！」

源次郎が息を呑む。

「兼松屋敷を逐《お》われた三十二名全員が、今度は又五郎を狙う立場となっておる」

「…………」

「どうだ？　面白うはないか？」

「なにが面白い？」

険しい眼で源次郎は言った。

「則《すなわ》ち、お主と俺とは敵同士ということではないかッ」

「フッ……」

平蔵は楽しげな笑みを零《こぼ》した。

「いや、味方同士じゃ」

「…………」

源次郎は、意味がわからぬ、という顔で平蔵を見ていた。

「お前も、いつまでも又五郎如きの守《も》りをさせられておるのにはうんざりじゃろう？」

平蔵は言った。源次郎に酒を注《つ》ぐ。

「それに、又五郎が襲われたときに斬られでもしたら割に合うまい？」

「だからなんだ？」

「俺に一万両が入ればお前にも分け前をやる。こっちを手伝え」

「戯《たわ》けたことを申すな」

怒りを含んで源次郎が吐き棄てる。

「又五郎を討たれては旗本の恥辱。左様な真似ができるかッ」

「だが、お前は旗本ではない」

平蔵は言った。

「お前は旗本の家の居候。俺と然《さ》して変わらぬ立場よ」

「………」

源次郎は、険しい眼で平蔵を睨みつけていた。

「なんなら俺が……」

平蔵は自分の酒を干し、手酌でぐい呑を満たした。

「お前の兄貴を斬ってやろうか？」

「！」

源次郎の眼が大きく見開かれる。

「又五郎を斬るついでに、安藤治右衛門を斬る。誰も不自然には思わん。然《さ》すればお前は旗本になれる」

源次郎はなにか言おうとしたが言葉にならず、手に持ったぐい呑をひと息に呷《あお》った。

「よく考えてみろ。この機を逃せば、二度とお前が旗本になれる場面なぞ巡《めぐ》ってはこんぞ」

平蔵は、親しみを込めた笑みで言った。

「あと何年かのうちに、兄貴の治右衛門は嫁をもらい子ができる。そうなればお前には、予備としての価値《ねうち》もなくなる。治右衛門が死ぬか隠居致せば、その倅が跡を継ぐだけだ」

平蔵が源次郎に酒を注いでやる。源次郎はすぐにそれを干した。そこに店の親爺が三本の徳利を運んできた。源次郎は手酌でぐい吞を満たした。

「いずれ治右衛門の倅が跡を継げば、お前は甥っ子の家の居候となる」

平蔵は続けた。

「なんの役にも立たぬ厄介叔父《やっかいおじ》として一生を終える。お前はそれで満足か？」

「………」

源次郎は、怒りを込めた眼でぐい吞の酒に映る己《おの》が顔を見つめていた。

「だがここで治右衛門が死ねば、お前は旗本となり、五千石の家の主《あるじ》となる」

平蔵は、旨そうに酒を啜《すす》った。

「然《さ》すればお前が惚れておる阿部四郎五郎の娘のゆき殿も、お前のものにできるかも知れんな」

「………」

源次郎は、ぐい、と酒を呷《あお》った。荒い息をついて平蔵を見る。

「本気か？」

「おう、本気じゃ。武士に二言はない」

平蔵は真顔で言った。

「一万両と五千石。悪い取引きではあるまい？」

「俺は、なにをすればいい？」

意を決して源次郎は言った。

「我らが又五郎を襲うに最適な、場所と日時を知らせろ」

平蔵は満足げな笑みを浮かべて言った。

「そして、その場に治右衛門がいるように仕向けろ」

源次郎は頷き、また酒を呷《あお》った。

「お前の輝かしい今後が懸かっておる。死ぬ気でやれ」

平蔵は、源次郎のぐい呑を酒で満たしてやった。

三

神田岩本町《いわもとちょう》に設けられた屯所に誠一郎が顔を出すと、すでに襲撃隊の者が十名ほど来ていた。澤部弥十郎と矢嶋平蔵もその中にいた。

屯所といっても桔梗屋《ききょうや》という材木問屋の離れを借り受けたもので、襖を外した二間続きの座敷に数名ずつが車座になり、雑談をしたり茶漬けで腹拵《ごしら》えをして過ごしている。

「おう、来たか」

入ってきた誠一郎を見て平蔵が言った。

「出よう」

平蔵と弥十郎が起ち上がる。なにか、他の者には聞かれたくない話があるのだろう。誠一郎は踵《きびす》を返して座敷を出た。

三人は無言で歩き、於玉《おたま》ヶ池《いけ》の浄蓮寺《じょうれんじ》まで来ると石段に腰を下ろした。

「御公儀の密偵によると……」

平蔵が言った。

「河合又五郎は明朝、七ツの鐘を合図に兼松屋敷を出る。又五郎を駕籠に乗せ、前後を二十五名ずつの警護の士が固めるらしい」

「ふむ」

誠一郎が頷く。すでに、市郎兵衛からも同じことを聞かされていた。

常に、夜明けの時刻を六ツと定められている。それよりも一刻《いっとき》早い七ツという、まだ真っ暗な時刻の出立は、襲いやすいようにも、襲いにくいようにも思われた。

多人数での待ち伏せに好都合であるのは間違いない。だが、暗闇の中で大勢が入り乱れる状況では、ただ一人の首を奪《と》るのが困難であるのもあきらかだった。

「だがな……」

平蔵が続ける。

「その駕籠に、又五郎は乗っておらん」

「ん？」

誠一郎は眉を顰《ひそ》めた。

「どういうことだ？」

「その駕籠と五十名の護衛は、我らの目を欺《あざむ》く囮《おとり》よ」

平蔵が言った。

「又五郎は兼松又四郎や安藤治右衛門らとともに兼松屋敷に残っていて、夜明けとともに少人数で猿楽町の安藤屋敷に移る。そこで囮《おとり》部隊からの連絡を待つことになっておる」

「その話、信じられるのか？」

誠一郎は訊ねた。

「おう、疑いようがない」

平蔵が笑みを浮かべる。

「なにせ、又五郎の警護隊長殿が教えてくれたことゆえな……」

「警護隊長とは、何者で御座る？」

弥十郎が訊ねた。

「なに、貴公も知っておろう」

平蔵が弥十郎に眼を向ける。

「安藤治右衛門の弟の、源次郎よ」

「！」

誠一郎は息を呑んだ。

「あいつとは以前から懇意にしておってな……」

平蔵は楽しげに見えた。

「どこを突《つつ》けばあいつが落ちるかも、よくわかっておったので突《つつ》いてみた」

「その密告の、見返りは？」

弥十郎が訊ねる。

「金ではない」

平蔵は言った。

「貴公らの取り分が減る心配は御無用じゃ」

「ならば、斯様《かよう》に重要なる情報を得て参られた矢嶋氏《うじ》の取り分を、増やさねばならぬな」

弥十郎が言った。

「矢嶋氏《うじ》が四千両、拙者と市岡氏《うじ》が三千両ずつでよろしいか？」

「いやいや、お心遣いはありがたいが、又五郎を討った者が四千両、他の二人は三千両、ということでよかろう」

平蔵は鷹揚《おうよう》に応えた。

「我ら以外の三十名は、牛ヶ淵辺りで駕籠を待ち伏せるに相違ない。我らは囮《おとり》の一行が出立したのを見届けてから、兼松屋敷に斬り込む」

平蔵は荒《すさ》んだ笑みを見せた。

「目に入る者は全て斬る。……これでどうだ？」

「その、警護隊長なる者は、その場におるのか？」

誠一郎は訊ねた。それが誠一郎にとって、最も重要なことだった。

「その者まで斬るのは拙《まず》かろう？」

「ふむ、それは聞いてないな……」

平蔵が言った。

「警護隊長ゆえに又五郎の傍《そば》を離れぬのか、あるいは警護隊長が囮《おとり》の部隊を率いるのか……」

なぜそれを聞いて来ぬ!? そう言いたいのを誠一郎は、ぐっ、と堪《こら》えた。

「いずれにせよ気にすることはあるまい。我らが斬り込むことは知っておるのじゃ。斬られたくなければどこぞに隠れていよう。のこのこ出て参れば斬っても構わん」

平蔵は事も無げに言った。

「刀を抜かぬ者を斬るのは気が進まぬ」

弥十郎が言った。

「中間小者や、手向かい致さぬ若党どもは斬るまでも御座るまい？」

「甘いな」

平蔵が言った。

「それについては、俺に考えがある」

誠一郎はそう言った。

打合せを終えて三人は別れた。明朝に備えて早めに寝ておかねばならない。誠一郎が三河町の方角に向かって歩いていると、あとを追ってくる足音が聞こえた。

振り返ると弥十郎だった。小走りに駆け寄ってくる。

「少し、よろしいか？」

弥十郎が言った。誠一郎は頷き、商家の軒先の天水桶《てんすいおけ》の脇に立つ。

「市岡氏《うじ》は、一万両に対して熱がなきようにお見受け致すが、いかがお考えで御座る？」

「…………」

なにゆえ左様なことを訊いてくるのか、誠一郎はそれを訝《いぶか》しく思った。

「金のために人を斬るというは、なかなかに割り切れぬものでな……」

とりあえず、そう言っておいた。

「左様、拙者も同様で御座る」

弥十郎は笑みを浮かべた。

「然《さ》れど、浪人勢で競い合うという場で己《おの》が技量を示したい、という欲も御座ってな、降りるという踏ん切りもつき申さん」

「ふむ」

「もちろん金に欲がないわけでも御座らん。千両も出せば御家人株が買える、という話も聞いたことが御座るゆえ、此度《こたび》の件を成し遂げれば徳川の御直参という道も見えてくるのでは、と思うとなんとも……」

なるほど、ふみをまともな武家の暮らしに戻してやるには、そんな方法もあったのか、誠一郎はそう思った。

「一方で、河合又五郎という男は悪い人間では御座らぬ」

弥十郎は言った。

「この者は、命を懸けて護るに値する若者じゃ、そう思うて警護致しており申した」

「ほう」

「ゆえに、矢嶋氏《うじ》のように割り切ることはでき申さん」

「なるほど」

「市岡氏《うじ》は、矢嶋氏《うじ》のことをどう思われる？」

弥十郎の迷いはそこか、そう思った。

「又五郎を討つまではよいが……」

誠一郎は言った。

「そののちは、背中に気をつけられよ」

四

その日、夜明けにはまだ遠い漆黒の闇の中、寂然《ひっそり》と静まり返った番町界隈に七ツを知らせる鐘が響き渡った。

表門が軋《きし》みを上げながら左右に開くと、丸に片手蔓柏《つるかしわ》の兼松家の家紋が入った提灯《ちょうちん》の灯りを先頭に、菅笠を被った武士の一団が二列縦隊で出てくる。

やがて前後に駕夫《ろくしゃく》が二人ずつ、計四人で担いだ一挺《ちょう》の権門《けんもん》駕籠が通過して、そのあとをまた菅笠の武士の一団が続いてゆく。

市ケ谷御門からほど近い兼松邸を出立した駕籠と五十名の護衛からなる一行は、三番町通りを真っ直ぐに、九段坂に向かって静かに進んでいった。

兼松邸の表門が閉じられるとほどなく、闇の中に提灯の灯りが浮かび上がる。提灯を手にしているのは市郎兵衛。五人の乾兒《こぶん》を従えて兼松邸に近づいていった。

乾兒《こぶん》どもが屋敷の門際にピタリと喰いつくと、市郎兵衛が潜り戸をトントン、と叩く。

「御門番さん、御門番さん」

「ん？　何者である？」

潜り戸越しに声が返ってくる。

「へえ、阿部四郎五郎様の使いの者で御座います。至急兼松様にお届けせよ、との仰せにより、書状を持参致しまして御座います」

市郎兵衛は、手下が手に入れてきた丸に鷹の羽打違《ぶっちが》いの阿部家の定紋が入った提灯の陰に顔を隠していた。

「よしよし、いま開けてやる」

隙間から覗いて提灯の紋所《もんどころ》を確かめたのだろう、門番はすぐに潜り戸を開けた。途端に乾兒《こぶん》どもが飛び出して、門番が声を上げる暇《いとま》もなく口を塞いで引き倒して折り重なり、細引きの縄で高手小手《たかてこて》に踏ん縛って手拭いで猿轡《さるぐつわ》を噛ませた。

ジタバタしている門番を門番小屋に放り込むと、誠一郎らが潜《ひそ》んでいるほうに向けて市郎兵衛が提灯を振る。

素早く物陰から走り出た誠一郎、平蔵、弥十郎の三人は、潜り戸を抜けて兼松邸に侵入した。

「こっちだ」

平蔵の指示で、母屋を廻り込んで庭に出る。

池の端に焚《た》かれた篝火《かがりび》の脇に、二人の武士が足拵《ごしら》えも厳重に、袴の股立《ももだち》を高く取り、襷《たすき》十字に袂《たもと》を絞った姿で警戒に当たっているのが見えた。

平蔵は、隣家との境の塀に眼を向けて立つ二人の背後から無造作に近づいていった。その足音に気づいた一人が振り返る。

飛び込んだ平蔵が抜き打ちに頸筋《くびすじ》を斬った。

鮮血を迸《ほとばし》らせて倒れた同志を見て、もう一人が慌てて刀の柄《つか》を摑む。

その柄頭《つかがしら》を右の掌で押さえた誠一郎は、同時に左手で鞘《さや》絡みに抜き出した刀の柄頭《つかがしら》で相手の水月《すいげつ》を激しく突いた。

声を立てることもできずに悶絶したその者を、素早く駆け寄った市郎兵衛の乾児《こぶん》どもが押さえつけ、瞬《また》く間に縄をかけて猿轡《さるぐつわ》を噛ませる。

弥十郎は刀を抜いて周囲に目を配っている。平蔵に斬られた者は、まだ死んではいなかったが助からぬのはひと目でわかった。平蔵はすでに灯りの漏れる濡縁《ぬれえん》に向かって進んでいる。

誠一郎と弥十郎はそのあとを追った。

庭からの複数の足音を聞いて、河合又五郎は起ち上がった。左の親指で刀の鯉口を切る。兼松又四郎も素早く起ち上がり、長押《なげし》に掛けてある自慢の十文字槍を摑んだ。安藤治右衛門は、二人の様子に慌てて脇の刀を引き寄せる。

途端に唐紙《からかみ》障子が蹴破られ、白刃《はくじん》が煌《きら》めいた。三人の男が飛び込んでくる。

「ダァーッ！」

先頭の男に向けて又四郎が激烈なる気合いとともに槍を突き出す。見事に賊の胴を貫いた、と見えた次の瞬間、際《きわ》どく槍を躱《かわ》した先頭の男は治右衛門を斬っていた。続いた二人目の剣が槍を柄の中ほどから斬り飛ばし、穂先が濡縁に突き立つ。

「！」

刀を抜いた又五郎は目を疑った。先頭の男は矢嶋平蔵だった。

斬られた治右衛門は衣服を血に染めて蹲《うずくま》っている。抜きかけた刀を頭上に翳《かざ》し、防御の体勢を取ったお蔭で致命傷となってはいないが、肩口をザックリ斬られて荒い息を吐《つ》いている。

二人目の男は澤部弥十郎だった。五尺ほど残った槍の柄を短槍のように構えた又四郎の足元に刀の鋒《きっさき》を向けている。

どちらも、つい先日まで自分を護ってくれていた浪人衆の中で、格段に腕が立つ、と又五郎が見ていた二人だ。

そして、三人目の男だけが刀を抜いていなかった。

この男の顔は一度だけ見たことがある。兼松邸に集められた剣客の中でただ一人、又五郎警護の仕事を断った市岡誠一郎という男だ。

三人とも恐ろしいほどに場慣れしているのが見て取れた。寛《くつろ》いでいるようにさえ見える。命を懸けた闘いを、特別なことだと思わない種類の男たちだ。

床柱にもたれ、左肩の傷を右手で押さえて歯を喰いしばる治右衛門と、床の間を背にして立つ又四郎と又五郎を、三人が緩《ゆる》やかに囲んでいる。

その三人の発する威圧感は凄まじいものだった。圧倒的な恐怖が又五郎を襲う。もはや又五郎には絶望しかなかった。

「曲者《くせもの》じゃァ！　出合えッ！」

又四郎が大音声《だいおんじょう》を放ち、又五郎の前に進み出る。

「平蔵、弥十郎、汝《うぬ》らが来よったか……」

怒りを漲《みなぎ》らせた眼で又四郎が言った。

「金に転ぶ犬どもが……！」

そして市岡誠一郎に眼を向け、

「市岡、やはり貴様はあのときに、生かして帰すべきではなかった」

「…………」

誠一郎は無表情に又四郎を見返していた。

忽《たちま》ち周囲に駆けつける者らの足音が響き、開け放った襖や障子が柱を打つ音が続く。十数人の旗本の次男坊三男坊や兼松家の若党たちが、刀を構えて十畳の部屋を取り囲んだ。

「お主らに言うておくッ！」

平蔵が、部屋を囲んでいる者らに向かって大声を出した。

「俺と澤部弥十郎の腕がどれほどのものか、知っておる者も多かろう」

又五郎は知っていた。この屋敷に斬り込んできた四人の備前池田家の侍は、他の者らがなにもできずにいるうちに、平蔵が二人、弥十郎が二人斬っている。

「我らの狙いは河合又五郎ただ一人」

平蔵が続けた。

「他の者を傷つけるつもりはない。だが、お主らが下手に動くと、兼松又四郎と安藤治右衛門が死ぬぞッ」

そう聞いて、動ける者は一人もなかった。

「それが望みならば存分にかかって参れッ」

「吐《ぬ》かしおったな矢嶋平蔵ッ！」

又四郎が怒鳴った。

「この俺をそう易々《やすやす》と屠《ほふ》れるとでも思うたかッ」

振り向き様に又五郎の腰の脇差《わきざし》を抜き放つと、槍の柄を左手で振り上げ、右手の脇差を平蔵に向ける。

「たとえこの身は果てようとも、必ず汝《うぬ》と刺し違えてくれようッ」

「フッ、我らが三人おることを忘れるな」

平蔵は酷薄な笑みを浮かべた。

「…………」

又四郎が唇を噛む。

「我ら三名ならば身に擦過傷《かすりきず》の一つも負うことなく、この場の者を悉《ことごと》く斬って棄てるも容易《たやす》きことよ、……のう？」

弥十郎と誠一郎を振り返った平蔵は、誠一郎に眼を止めると、

「市岡、なぜ刀を抜かぬ？」

怪訝な顔で言った。

誠一郎は、部屋を取り囲んでいる者たちに眼を向けていたが、

「お主の指図は受けぬ」

そう平蔵に言った。

「俺は俺のやりたいようにやる」

「なにッ」

平蔵の眼が険しさを帯びる。

「御前ッ」

又五郎は又四郎の前に出た。

「斯《か》くなる上は、闘って死ぬことをお許し下されませッ」

刀を弥十郎に向ける。

「ならん。退《さ》がれッ」

又四郎が槍の柄で又五郎を遮《さえぎ》った。

「お前が死んでは旗本の名折れ、この身に代えても死なせはせぬッ」

「いや、御前や安藤様まで命を落とすことは御座りませぬ」

又五郎は刀を大上段に振り上げた。

「河合又五郎は見事に果てた、とご記憶にお留め下さりませッ」

渾身の気魄《きはく》を込めて前に出る。

「又五郎ッ！」

又四郎が叫んだ。そのとき、

「キエェ――――イッ！」

裂帛《れっぱく》の気合いとともに平蔵の背に斬り込んだ若侍が、振り向き様の一撃に脾腹《ひばら》を裂かれた。畳に勢いよく倒れ込んだ若侍の脇に、見る見る血が拡がってゆく。

他の者は皆、凍りついたようにその光景を見つめていた。

「茶番はもういい」

血振りをして平蔵が言った。

「澤部、とっとと斬ってしまえ」

だが弥十郎は、刀を下段に構えたまま動かなかった。

「フン……」

平蔵が又五郎のほうに進み出る。

「貴公が斬らぬのならば俺が斬ろう」

平蔵は、無慈悲な笑みを浮かべていた。

「兼松殿」

誠一郎が声を出した。

「河合殿」

又四郎と又五郎が誠一郎に眼を向ける。

「義によって、助太刀《すけだち》致す」

スラリと刀を抜いた誠一郎は、その鋒《きっさき》を平蔵に向けた。

五

誠一郎はいま兼松又四郎と河合又五郎を見ていて、命を懸けて護るに値する若者、と弥十郎が言った意味がわかった気がした。

世間で言われている、外様大名と旗本との下らぬ意地立て、というものの中に、互いに己《おの》が命を擲《なげう》って相手を護らんとする真《まこと》を見た。

安藤源次郎がおらぬ以上、誠一郎にこの場で為《な》すべきことはなかった。ただ、源次郎と連《つる》んでいる矢嶋平蔵の如き下衆《げす》に、又五郎が斬られるのは惜しい、そう思った。

「市岡ッ、なんのつもりだ？」

平蔵が言った。

「我らを裏切る気かッ」

「裏切るのではない」

誠一郎は言った。

「最初《はな》から仲間ではなかっただけのこと」

「貴様ァ……」

平蔵は眦《まなじり》を切り上げて誠一郎を見据えた。

「澤部ッ、市岡は俺が片づける」

弥十郎に言った。

「お主はとっとと又五郎を斬れッ」

「いや……」

弥十郎は構えを解くと刀をだらりと下げた。

「拙者は矢嶋氏《うじ》と市岡氏《うじ》の、どちらの側に立つわけにも参らぬ」

と刀を鞘《さや》に納める。誠一郎を見つめて、

「ゆえにここで降りる。御免――」

スッと踵《きびす》を返すと、そのまま歩いて庭に降りていった。

「槍を持てッ！」

又四郎が部屋を囲んでいる者らに声を擲《な》げた。一人の若党が慌てて駆け出す。

「市岡……」

平蔵が言った。

「俺は貴様如きに負けはせぬ」

「…………」

誠一郎とて平蔵に負けるとは思っていなかった。だが迂闊に踏み込めぬ危うさが、平蔵の剣に宿っていることも充分に感じていた。

二人は互いに鋒《きっさき》を向け合ったまま動けずにいた。

「御前ッ」

駆け戻ってきた若党が廊下から九尺柄の直槍《すぐやり》を又四郎に差し出す。受け取った又四郎は、槍をリュウと扱《しご》いて平蔵の胸板めがけてピタリと位取りをした。

「田楽《でんがく》刺しにしてくれるわッ」

又四郎が平蔵を睨み据える。又五郎は刀を青眼につけたまま、平蔵の側面に廻り込む。部屋を取り囲んでいる者らも、じわりじわりと距離を詰めてきていた。

「市岡……」

平蔵は他のものには眼もくれず、ただ誠一郎だけを見ていた。

「俺は貴様を斬り、又五郎を斬ることができる。槍とて恐れはせぬ」

「…………」

平蔵が偽《いつわ》りを言っているのではないことは誠一郎にもわかった。

誠一郎が格段に有利な立場であることに疑いはないが、平蔵を倒したとて、又五郎や又四郎が斬られたのでは助太刀《すけだち》の意味がない。

平蔵は誰を斬ってもよかった。だから誠一郎は、他の者を護りながら闘わなければならない。それは容易なことではなかった。

又四郎や又五郎がどう動くのか予測がつかない。平蔵に向けて振った誠一郎の剣が、又四郎や又五郎を傷つけてしまうことも充分にあり得る。

又四郎や又五郎を遠ざけてしまえば闘いやすいのは確かだが、それは、己《おのれ》の有利を棄てる、ということでもあった。

俺は、ふみの元に無事に帰らねばならぬ。

改めて誠一郎はそう思った。気を剣先に集中させてゆく。

「だがな市岡」

平蔵がふいに笑みを浮かべた。

「貴様を倒すには、こちらも無傷というわけにはいかぬらしい」

平蔵がスッとひと足退《さ》がり、間合いを外した。

「手負いの身では、たとえ一万両を手に入れても、その金を狙う者どもに襲われれば生き延びることも適《かな》うまい。それでは割りに合わぬ」

鋒《きっさき》を又四郎の槍に向ける。

「またの機会もあろう。きょうのところは諦めると致すか……」

そのままスルスルと後退《あとじさ》る。囲んでいる者らが慌てて距離を取った。濡縁に到達した平蔵は、刀を左手に提げ、右手で突き立った十文字槍の穂先を引き抜くと無造作に又五郎に擲《な》げた。

刀のひと振りでそれを叩き落した又五郎に、

「俺以外の者に斬られるなよ」

昏《くら》い笑みでそう言うと平蔵は、踵《きびす》を返して濡縁を飛び降り、闇の濃さが薄れ始めた庭を足早に遠ざかっていった。数名の若侍があとを追おうと動き出す。

「追うなッ！」

又四郎が大声を放つ。

「追えば死ぬぞッ。捨て置けッ」

刀を鞘《さや》に納めた若侍たちは、斬られた同輩や治右衛門に駆け寄る。倒れたまま動かぬ若侍は、すでに死んでいるように見えた。

「市岡」

又四郎が誠一郎に眼を向け、

「なにゆえに我らを助けたッ？」

と槍の穂先を誠一郎に向ける。

「お気に召さなんだかな？」

誠一郎は苦笑を浮かべて刀を鞘《さや》に納めた。

「いや……」

又四郎が恥じたように槍を下げる。

「だが、合点がゆかぬ」

「某《それがし》は、素《もと》より又五郎殿を狙ってはおらぬ」

誠一郎は言った。

「狙うは安藤源次郎ただ一人」

「源次郎⁉」

血止めをしてもらっていた治右衛門が驚愕の声を上げる。

「なにゆえ我が弟を……？」

「些《いささ》かの遺恨が御座ってな」

誠一郎は治右衛門に言った。

「あの者は、某《それがし》以外にも多くの人々の怨みを買っておるに相違御座るまい？」

「………」

「源次郎は何処《いずこ》に？」

「お主が狙っておるのを知って、教えるわけがなかろう」

又四郎が言った。

「ではお訊ね致す」

誠一郎は又四郎に言った。

「なにゆえ我らは駕籠の一行を追わずに、ここに参ったと思われる？」

「！」

又四郎が息を呑む。

「源次郎が矢嶋平蔵に教えたゆえに御座る。駕籠と五十名の警護は囮で、そのとき河合又五郎は警備が手薄な兼松屋敷におる、と……」

「そうでなければ、我らがそれを知っておるはずがなかろう？」

誠一郎は続けた。

「げ、源次郎が……」

治右衛門が呻《うめ》くように言った。

「なにゆえにそのような……」

「おそらく密告の見返りに、冷や飯喰いのお前を旗本にしてやる、とでも矢嶋平蔵に唆《そその》かされたので御座ろう」

誠一郎は言った。

「！」

治右衛門は息を呑み、己《おの》が肩の傷を見た。見る見る顔が朱に染まり、憤怒《ふんぬ》の表情へと変わる。

治右衛門の中で、全てが合致したように見えた。

「この場に源次郎がおらぬとなれば、駕籠の一行のほうか……」

誠一郎は誰にともなく言った。

「いまさら追いつけはすまいが、行ってみる他はなかろう」

踵《きびす》を返して庭に向かう。

「御免」

「待てッ」

又四郎が声を上げた。誠一郎が足を止める。

「俺の馬を使え」

そう言った又四郎は、若党を振り返って怒鳴った。

「馬牽《ひ》けぇいッ！」


すぐさま中間が厩《うまや》へ駆け込み、惚れ惚れするような芦毛の逸物《いちもつ》を玄関先に牽《ひ》き出してきた。

「俺の愛馬の叢雲《むらくも》じゃ」

又四郎が無骨な笑みで言った。

「思う存分使い捨てるがよい」

「では拝借致す」

誠一郎はそう応えると、ヒラリと馬に打ち跨《また》がる。中間たちが表門を左右に開いた。

「俺《わっし》らも、すぐにあとを追わせていただきやすで御座んす」

庭から廻ってきていた市郎兵衛が、馬上の誠一郎に声をかける。

「忝《かたじけな》い」

手綱《たづな》を引いて馬首を門に向ける誠一郎に、

「市岡殿ッ」

駆け寄ってきた又五郎が地面に両膝をついた。

「お助けいただいた御恩は、生涯忘却仕《つかまつ》りませぬッ」

と涙声で深々と頭を下げた。

「ご武運をお祈り致すッ」

誠一郎は諸角《もろがく》蹴込んで一散走りに駆け出した。

六

夜明けが近づいていることを窺《うかが》わせる薄闇の中、兼松屋敷を馬で駆け出した誠一郎は、三番町通りをひた走った。

さすがは兼松又四郎の愛馬だけあって素晴らしい駿馬《しゅんめ》だった。その猛然たる走りに誠一郎は、馬を操る、という考えを捨て、馬に従う、という気持ちになっていた。

これならば、思いの外早く追いつけそうだ、誠一郎はそう思った。だが、牛ヶ淵よりも手前で追いつけば、一人で五十人を相手にせねばならなくなる。

斯《か》といって、牛ヶ淵で待ち伏せた三十人の襲撃隊が五十人の護衛と斬り合っている最中《さなか》に飛び込めば、安藤源次郎を見つけることすら適《かな》わぬのではないか、そんな気がした。

いや、案ずるより産むが易し、そう信じて先に進む他はない。そう決めた。

馬で駆け続けて九段坂の手前まで来たとき、道の端に提灯らしき灯りがあるのが目に入った。その脇に人が倒れているように見える。気にはなったが、それどころではない、と行き過ぎようとした瞬間、それが子供であるのがわかった。

慌てて手綱《たづな》を引いて馬を止め、馬の首を撫《な》でて落ち着かせると、ヒラリとその背から飛び降りる。振り返って見ると、やはりうつ伏せに倒れているのは十歳ほどの男の子だった。

武士の子、という服装《いでたち》をしており、傍《そば》には刀の大小を挿した風呂敷包みが転がっている。傍《かたわ》らに膝をついて検《あらた》めてみたが、怪我をしている様子はなかった。

「おいッ」

肩を摑んで仰向けにする。

「しっかりせいッ」

と揺さ振ると、少年が薄っすらと眼を開けた。

「おお、無事かッ?」

「ぞ、造作をおかけして、申しわけ御座りませぬ……」

少年は疲れ果てているように見えた。

「左様なことは構わぬ。いかが致した?」

誠一郎の言葉に少年は、

「夜通し歩き続けて参りましたゆえ、力尽きましたようで……」

恥じたようにそう言った。

「夜通し？　一人でか？」

「はい……」

「親御殿は？」

「……」

少年は眼を伏せて、首を左右に振った。

「どこまで行くのじゃ？」

「わかりませぬ」

「………」

なにか余程の事情がありそうだ。このまま捨て置くことはできぬ。だが、ここで無駄に時間を費やすわけにもいかなかった。

「よし、俺に任せておけ。悪いようにはせぬ」

刀が挿してある風呂敷包みを拾って少年に持たせると、少年を抱き上げて馬の元に戻り、高く差し上げて馬の背に跨がらせる。誠一郎は鐙《あぶみ》に足をかけ、勢いをつけて少年の後ろに跨がった。

「う、馬に乗るのは初めてで御座いますッ」

少年が興奮気味の声を上げる。

「振り落とされぬよう、しっかりと摑まっておれッ」

「はいッ」

少年は左手で風呂敷包みと刀を抱き、右手で馬の首にしがみついた。

「ハイヨーッ」

ひと声かけて馬の腹に蹴込みを入れる。馬はまた猛然と走り出した。

誰かの抑えた声が、静まり返った木立の中を通り抜ける。確かに、彼方の闇の中に提灯らしき灯りが浮かんでいるのが見えた。

「来たぞッ」

木立の中に潜《ひそ》んだ三十名の襲撃隊は、息を詰めてジリジリしながら駕籠の一行が近づいてくるのを待った。

やがて大勢の足音とともにやってきた提灯の灯りがはっきりと見えた。丸に片手蔓柏。兼松家の紋所に間違いない。途端に、無言の殺気を放ちながら木陰から駆け出してゆく足音が続いた。袴の股立《ももだち》を高く取り、襷《たすき》で袂《たもと》を絞った男たちの刀が抜き放たれる。

それに気づいた駕籠の一行は即座に足を止めた。提灯が次々と地面に擲《な》げ捨てられ、五十名の警護の衆が一斉に羽織を脱ぎ捨て抜刀した。四人の駕夫《ろくしゃく》は駕籠を地面に置き去りにして走って逃げてゆく。

襲撃隊が近づくと、警護の衆は誰も駕籠を護ろうとはせず、そのまま後ろに退《さ》がっていった。腰抜けどもめがッ。そう思った数名の刺客が駕籠をめがけて殺到する。

先頭の一人が一刀鋭く駕籠に突き込む。続けて二人目、三人目と刀を駕籠の横腹に突き立てるが、呻《うめ》き声の一つも上がらなかった。刀を引き抜くと、一人が駕籠の戸を斜めに斬り下ろす。

戸が外れた駕籠の中は空《から》だった。

「馬鹿奴《め》がッ」

大きな声が響き渡る。

「河合又五郎はここにはおらぬッ」

警護の衆の中でただ一人、刀も抜かずに提灯を手にして立つ大柄な男だった。


「斬り合いをしても一文《もん》の金にもならん。無駄なことじゃッ」

安藤源次郎は続けて言った。

「温順《おとな》しく退《しりぞ》かれよッ」

敵は三十人、我らは五十人。金が目当ての浪人どもが、又五郎のいないところで我が身を危険に晒《さら》すとは思えぬ。源次郎はそう思っていた。

「では又五郎はどこにおるッ？」

敵の一人が声を上げた。

「兼松の屋敷に決まっておろう」

源次郎は応えた。

「いまなら警備は手薄で御座るぞ」

思わず笑いが零《こぼ》れた。いまごろはもう、又五郎は死んでおろう、そう思ったからだった。

「早う、引き上げられてはいかがかな？」

だが、敵は引き上げようとはしなかった。なるほど、そういうことか。源次郎は気づいた。

「各々方《おのおのがた》ッ、提灯の灯りに寄って面《つら》をようと見せてやれッ」

警護の衆に向かって言った。菅笠を外して擲《な》げ捨て、

「我らの中に又五郎が紛れてはおらぬかと、刺客《せっかく》の衆が疑っておいでじゃッ」

その声に、路上で燃えている五つの提灯に数名ずつの警護の士が近寄り、菅笠を取って代わる代わる己《おの》が顔を灯りの中に浮かび上がらせる。

刺客どもから囁《ささや》きを交わす声が聞こえ、やがて静かに散っていった。

「これにて我らのお務めは終《しま》いじゃッ」

刺客どもが一人残らず消え失せたのを見届けると、源次郎は言った。

「壊れた駕籠はどこぞに隠れておる中間どもに任せて、我らは引き上げると致そうか」

「応《おう》ッ！」

と警護の衆から安堵の声が返った。皆が刀を鞘《さや》に納める。そのとき遠くから、疾駆する蹄《ひづめ》の音が聞こえた。猛然たる勢いで近づいてきていた。


誠一郎は前方に人集《ひとだか》りがあるのを見た。路上にいくつかの提灯が落ちて燃えていて、一人だけ提灯を手に立っている者がいる。馬の足を緩め、そのまま前に進む。

「何奴《なにやつ》じゃッ？」

声が飛んできた。提灯を手にしている男だった。その声には聞き覚えがあった。

その男の前で馬を止め、相手を見下ろす。やはりそれは安藤源次郎だった。ヒラリと馬を飛び降りると、そのまま源次郎に歩み寄る。

「濃州浪人市岡誠一郎、その命もらい受ける」

「！」

源次郎は息を呑み、提灯を擲《な》げ捨てて数歩後ろに退《さ》がると、刀の柄《つか》を握った。

「此奴《こやつ》は敵じゃッ、斬れッ！」

と大声を出す。途端に五十人の警護の士が刀を抜きながら駆け寄り、誠一郎と源次郎と、馬とその背の少年を取り囲んだ。

「待たれよッ」

誠一郎は警護の士らに向かって言った。刀を抜かぬまま、両手を拡げる。

「某《それがし》は、安藤源次郎との尋常の勝負が望みじゃ。手出し無用に願いたい」

「痴《し》れ言じゃッ、斬れッ、斬れッ！」

源次郎が叫ぶ。スラリと刀を抜き放ち、

「天下の旗本に仇《あだ》なす浪人者ぞッ、斬れッ！」

「某《それがし》が源次郎を討つことは、兼松又四郎殿、安藤治右衛門殿も承知の上に御座る」

誠一郎は言った。

「なにッ!?」

源次郎が驚愕の声を上げた。その顔からは血の気が失せていた。

「この馬を見られよッ」

誠一郎は言った。

「兼松殿が、愛馬叢雲《むらくも》を某《それがし》にお貸し与え下されたのじゃッ」

警護の衆に動揺が拡がってゆくのがわかった。どうすればよいのか判断がつかず、近づこうとする者は一人もなかった。刀を下ろす者も少なくない。

「さァ安藤源次郎、覚えがないとは言わせぬ」

誠一郎は声を落として言った。両手をだらりと下げる。

「尋常に、勝負に及べ」

「くッ……！」

追い詰められた顔の源次郎は、刀を振り被って誠一郎に突進した。が、急に向きを変えると、馬上の少年に鋒《きっさき》を向ける。伸ばした右手の刀の先は、少年の喉に届かんとしていた。

「！」

誠一郎が息を呑む。

「刀を捨てろッ！」

源次郎が叫ぶ。

「餓鬼《がき》が死んでもいいのかッ!?」

そう言って薄笑いを誠一郎に向けた刹那《せつな》、馬上の少年が風呂敷包みを地面に擲《な》げた。その右手には抜身の刀が握られている。少年は刀を源次郎に向けた。二本の刀が交差する。

「上州浪人山田善七郎が一子《いっし》、一朗太。むざと斬られはせぬッ」

少年が言った。誠一郎は走った。慌てて源次郎が誠一郎に斬り込む。

瞬時に鞘走《さやばし》らせた誠一郎は刀を横に払った。確かな手応えとともに両の手首ごと源次郎の刀が宙を舞う。

次の瞬間、源次郎の右の肩から入った誠一郎の剣は、肋骨《あばら》を断ち割り乳《ち》の下までを斬り下げていた。意思を失った源次郎の体が、音を立てて地面に倒れる。

刀を水平に構えた誠一郎は、警護の衆に眼を向ける。

近づいてくる者はなかった。

七

やがて追いついてきた市郎兵衛とその乾兒《こぶん》たちに源次郎の亡骸《なきがら》を委《ゆだ》ね、馬を兼松屋敷に戻してくれるよう頼むと、誠一郎は少年を背負《おぶ》って歩き出した。左手には刀の大小を挿した風呂敷包みを提げている。もう提灯が必要ないほどに夜明けが近づいてきていた。

「もうしばらくの辛抱じゃ」

背中に声をかける。

「腹一杯に飯を喰い、温い布団で休まれるがよい」

「忝《かたじけの》う御座います」

一朗太が言った。

「見ず知らずの私《わたくし》に、斯様《かよう》なご親切を……」

「なぁに、浪人者は相身《あい》互いで御座る」

誠一郎は笑った。

「それにしても、御身《おみ》が山田善七郎殿のご子息であったとはな……」

「えッ？」

一朗太が声を上げる。

「父上を、ご存知なのですかッ？」

「いや、名前しか存ぜぬ」

誠一郎が知っているのは、山田善七郎になりすましていた男だった。

「ただ、お父上を斬った者と、一度顔を合わせたことが御座ってな」

「えッ？　あの男を？」

「知っておるのか？」

「はいッ」

「顔じゅう髭だらけの男であろう？」

「はい、志田源左衛門と名乗っておりました」

「うむ」

「その者は、いま何処《いずこ》に？」

「死んだ」

「……」

「その首は、備前池田家の門前に転がされておったそうじゃ」

「では、もう父上の仇《かたき》を討つことも適《かな》わぬのですね……」

一朗太が悲しい声を出した。

「そうではない。すでに、お父上の友が仇《かたき》を討ち果たしてくれておるのだ」

「………」

「山田善七郎殿の無念は晴らされた。御身《おみ》は、胸を張って生きていかれよ」

「……はい」

一朗太がいま、どんな気持ちでいるのか、誠一郎にはわからなかった。二人はしばらく無言で進んだ。ようやく人家が見え始めてきた。

「ところで、なにゆえ独りで夜通し歩いておられた？」

誠一郎は訊ねた。

「身寄りの者はおらぬのか？」

「一昨年母上を亡くし、先日父上を亡くしました」

一朗太が言った。

「私《わたくし》は親戚の者に引き取られて参りましたが、その親戚は武士を捨て、千住《せんじゅ》で百姓をしておりました。私《わたくし》は武士の子です。百姓の家は性に合いませぬ」

「左様か」

たしかにこの子は武士の子だ。百姓としては生きられまい。誠一郎はそう思った。

「ならば、なんぞ良き手立てを考えねばならんな……」

誠一郎は、背中の重みを楽しんでいた。


「ただいま戻った」

誠一郎が表戸を開けると、すでにふみが駆け寄ってきていた。上がり框《かまち》に腰掛けていた彦六が起ち上がる。二人とも、夜通し起きて待っていたのだろう。

「よくぞ、ご無事で……」

足袋跣《はだし》で土間に降りてきたふみが涙声を出す。そして誠一郎の背の一朗太に気づき、

「え、そのお子は……？」

「うむ」

誠一郎は、眠り込んでしまった一朗太をそっと上がり框《かまち》に下ろした。

「首尾《しゅび》は？」

彦六が訊ねる。

「安藤源次郎は討ち取った」

誠一郎は応えた。

「直《じき》に市郎兵衛が首を届けに参ろう」

「よしッ、よくやったッ」

彦六が満面の笑みで誠一郎の肩を叩き、

「俺はかよ殿に知らせてくるッ」

と飛び出していった。その声に一朗太が眼を開け、慌てて起ち上がる。

「こちらはな……」

誠一郎はふみに向き直り、掌で一朗太を示す。

「元上州本多家の御家中、山田善七郎殿の忘れ形見《がたみ》で……」

「山田一朗太と申しますッ」

一朗太が腰を折って深々とふみに頭を下げた。

「以後、ご別懇《べっこん》にお願い奉《たてまつ》りまする」

「まぁ、ご丁寧なご挨拶痛み入ります」

ふみの口元に笑みが零《こぼ》れた。

「市岡誠一郎の家内、ふみに御座ります。どうぞお見知り置きを……」

と丁寧に頭を下げる。

「一昨年にお母上を亡くされ、先日お父上を亡くされて難儀をしておられたのでお連れ致した」

誠一郎は言った。

「親戚の百姓家から逃げ出して、千住から夜通し歩いて来られたそうじゃ」

「まぁ……」

ふみが土間に膝をつき、一朗太に顔を寄せる。

「一朗太殿は、おいくつになられます？」

「九歳《ここのつ》に御座います」

「…………」

ふみは目元を袖で押さえて起ち上がると、

「ささ、どうぞお上がり下さいませ」

そう言って一朗太に背を向ける。

「さぞや腹が空いておろう。飯の支度を頼む」

誠一郎はふみに言った。

「ご飯はたんと炊いて御座います。汁も用意ができております。すぐにお出しできます」

ふみは上がり框《かまち》に腰を掛け、土で汚れた足袋を脱ぐと部屋に上がって奥の厨《くりや》へと消えた。


「わぁッ」

膳が運ばれてくると一朗太は歓声を上げた。一汁一菜に煮染《にしめ》がついた素朴な朝餉《あさげ》であったが、立ち昇る湯気が旨そうな匂いを漂わせている。

「さあ、召し上がれ」

ふみが椀によそった飯を一朗太に差し出す。ふいに一朗太は顔を伏せ、両の拳《こぶし》を膝に当てて口を真一文字に結んだ。やがてその眼から涙がポトリ、と落ちた。

「お母上を、思い出されたか？」

誠一郎は言った。

一朗太は無言で頷き、袖で顔を覆った。

「貴方《あなた》は一朗太殿をどうなさるおつもりです？」

ふみが誠一郎のほうを向いて言った。いつになく、厳しい顔をしていた。

「ふむ、当分のあいだ我が家で預かろうかと思うておるが……」

誠一郎はそう応えた。

「当分のあいだとは、いつまでのことで御座います？」

ふみが言った。

「預かるとは、どなたから預かるので御座いますか？」

「………」

どう応えればいいのかわからなかった。ふみの厳しさが理解できずにいた。

「私《わたくし》は、お客様としてお饗《もてな》しすればよいのですか？　それとも身内のように扱ってもよいので御座いますか？」

「それは……」

「では一朗太殿は、どのようにお考えなのです？」

ふみが一朗太に眼を向ける。

「私《わたくし》は、雨露凌《あめつゆしの》がせていただけるだけでこの上なき幸せに御座います」

一朗太は、顔を伏せたまま背筋を伸ばして言った。

「どうか、家来と思し召し下されば幸いに存じます」

「では私《わたくし》は、家族として接します」

「えッ？」

一朗太が顔を上げ、ふみを見た。

「武家の男子は、人前で涙など見せてはなりませぬ」

ふみが言った。

「そして、出された食事は熱いうちに召し上がるものです」

「はいッ、頂戴致しますッ」

箸を手にした一朗太は、熱い汁を啜《すす》り、猛然と飯を喰らった。その姿を、ふみは優しい笑みで見つめている。

ふみにとって必要だったのは、家僕《かぼく》や婢女《はしため》のいる武家らしい暮らしなどではなく、これだったのではなかろうか。

ふいに誠一郎はそう思った。

結

このあと河合又五郎は行方《ゆきがた》知れずとなった。

公儀の審問に対し兼松又四郎は、

「牛ヶ淵で襲撃を受けた際に、安藤治右衛門の弟源次郎が命を落とし、その隙に河合又五郎は姿を消した」

と応えた。

公儀は、沙汰に逆らい旗本が河合又五郎を隠したものと見て、主だった旗本らの屋敷を徹底的に捜索したが発見には至らなかった。

業を煮やした公儀は河合又五郎に対し、江戸御府内処払《ところばら》い、との沙汰を下した。今後御府内にて発見された場合は即座に捕縛の上、斬首に処す、との厳しい内容だった。

さらに安藤治右衛門、阿部四郎五郎、久世三四郎の三名が不行跡の咎《とが》めを受けて、寺押し込め百日の沙汰が下った。

直ちに河合又五郎を差し出さぬにおいては兼松又四郎にも重きお咎《とが》め之《これ》あり、との公儀の通告を受けるに至って、突如として町奉行加賀爪甚十郎《かがつめじんじゅうろう》の役宅に河合又五郎が独りで出頭し、江戸御府内処払いを受け入れた。

これにより公儀は、備前岡山藩池田家を始めとする諸大名並びに旗本勢による河合又五郎への一切の関与を禁じた。

この禁を破れば即刻、改易、という峻烈《しゅんれつ》な沙汰であった。

河合又五郎によって殺害された渡部源太夫の遺族による報復は、お構いなし、とした一方で、河合方にも親族のみによる助勢が許された。

江戸を離れた河合又五郎は、大和郡山藩松平家の剣術指南役を退身して浪人となった、伯父の河合甚左衛門や、摂津尼崎藩戸田家の槍術指南役を退身した櫻井半兵衛の庇護《ひご》のもと、東海道の各地を転々とした。

備前池田家を脱藩した渡部源太夫の兄の渡部数馬と、河合甚左衛門と同じく郡山松平家を致仕した渡部源太夫の姉婿《あねむこ》である荒木又右衛門《あらきまたえもん》が報復の旅へと出立したが、河合又五郎を捉えることは容易ではなかった。

この間に、大御所秀忠公は薨御《こうぎょ》され、駿河大納言忠長は乱心を理由に駿河府中藩五十五万石を改易されて、上州高崎藩主安藤右京進重長へのお預けとなったのち切腹して果てた。

駿河大納言を押し立てて謀反《むほん》を画策していると目されていた加藤侍従忠広《ただひろ》は、法度《はっと》違反を理由に肥後熊本藩五十一万石を改易された。


三十一万五千石を潰すことも厭《いと》わず、公儀の沙汰を無視して、

「なんとしてでも河合又五郎の首を持って参れッ！」

そう叫び続けた備前岡山藩主池田宮内少輔忠雄は、突如死亡した。

死因は、疱瘡による病死、と発表された。世継の勝五郎による相続が許された上で、因州鳥取への国替え、との沙汰が下り、藩を上げて数年間を要する国替えという難事業に忙殺されることとなった。


柳生但馬守宗矩は、さらなる加増を受け所領一万石に達し、大名に名を連ねた。

松平伊豆守信綱は、初代若年寄として幕閣入りを果たした。

大久保彦左衛門忠教は、壮健のままに齢《よわい》を重ねた。


渡部源太夫殺害から四年後の寛永十一年十一月七日、江戸へ向かおうとしていた河合又五郎ら十一名の一行は、伊賀上野《いがうえの》城下の鍵屋《かぎや》の辻《つじ》で渡部数馬、荒木又右衛門ら四名に襲撃された。

瞬《またた》く間に河合甚左衛門と櫻井半兵衛を斬った剣豪、荒木又右衛門に助太刀された渡部数馬との長時間に及ぶ死闘の末、河合又五郎は斬殺された。

行年二十一歳の生涯だった。

河合又五郎の死を聞かされた兼松又四郎は、

「我が身の一部を失うたような心持ちじゃ……」

そう周囲の者に漏らしたという。

〈参考文献〉

講談全集　（昭和三年～四年刊行）　全十二巻　大日本雄辯會講談社

評判講談全集　（昭和五年～六年刊行）　全十二巻　大日本雄辯會講談社

江戸時代　武士の生活　（生活史叢書1）　進士慶幹編　雄山閣

江戸時代　御家人の生活　（生活史叢書12）　高柳金芳著　雄山閣

江戸学事典　弘文堂

江戸役人役職大事典　新人物往来社

江戸切絵図と東京名所絵　白石つとむ編　小学館

本書は書き下ろしです。

木内一裕（きうち・かずひろ）

1960年、福岡生まれ。

2004年、『藁の楯』（'13年映画化）で小説家デビュー。

'07年『水の中の犬』、'09年『アウト＆アウト』（'18年自身による監督・脚本で映画化）、'10年『キッド』、'11年『デッドボール』、'12年『神様の贈り物』、'13年『喧嘩猿』、'14年『バードドッグ』、'15年『不愉快犯』、'16年『嘘ですけど、なにか？』、'18年『ドッグレース』、'19年『飛べないカラス』、'20年『小麦の法廷』、'21年『ブラックガード』、'22年『バッド・コップ・スクワッド』を刊行。

一《いち》万両《まんりょう》の首《くび》　鍵屋《かぎや》ノ《の》辻《つじ》始末《しまつ》異聞《いぶん》

第１刷発行　2023年11月13日

著者　木内一裕《きうちかずひろ》
発行者　髙橋明男
発行所　株式会社講談社
東京都文京区音羽２－12－21
〒　112－8001
電話　出版　03－5395－3505
販売　03－5395－5817
業務　03－5395－3615

本文データ制作／講談社デジタル製作
印刷所／株式会社ＫＰＳプロダクツ
製本所／株式会社若林製本工場

N.D.C. 913　270p　19cm
ISBN 978-4-06-533469-0

KODANSHA